Christa Dericum

Faszination des Feuers

HERDER / SPEKTRUM

Band 4394

Das Buch

Ingeborg Bachmann – eine der faszinierendsten Frauen der deutschen Literatur: eigensinnig, verschlossen, empfindsam, scheu, fordernd. Als Lyrikerin früh berühmt, blieb sie geliebt und mißverstanden, vereinnahmt und gekränkt, verletzlich und einsam. Die sensible Annäherung von Christa Dericum, die sie noch persönlich kannte, läßt die Person und Schriftstellerin in ihrer Zeit (1926–1973) lebendig werden, die Träume, die strenge Arbeit, die Beziehungen zu Menschen, die Utopie eines neuen Denkens, dem eine „neue Sprache" entspricht. Ingeborg Bachmann lebte in vielen Welten, an vielen Orten: in Wien und Rom, Zürich und New York, Klagenfurt und Berlin. Sprachliche Virtuosität, der sinnliche Ausdruck, die Musikalität der Lyrik und der Prosatexte machen ihr Werk zu einem der „Klassiker" der deutschen Literatur, Suche nach Antwort auf die drängenden Fragen der Nachkriegszeit: Faschismus und Gewalt, Bedrohung und Widerstand. Das lyrische Ich mit seinen Beziehungen zwischen Aufbruchstimmung und Skepsis in den 50er und 60er Jahren. Die Leiden an sich selbst, an der Zeit, an der Sprache werden in Christa Dericums Erzählung durch Verschränken von Phantasie und Wirklichkeit lebendig. Der wahre Hintergrund des qualvollen Todes in Rom ist wohl niemals mehr aufzuklären. Ein ungewöhnliches Buch über das ungewöhnliche Leben und das geistige Umfeld der großen Schriftstellerin.

Die Autorin

Christa Dericum, freie Schriftstellerin, Mitglied des PEN. Zahlreiche Bücher zu geschichtlichen Themen, Essays und Erzählungen.

Christa Dericum

Faszination des Feuers

Das Leben der Ingeborg Bachmann

Herder
Freiburg · Basel · Wien

Gedruckt auf umweltfreundlichem,
chlorfrei gebleichtem Papier

Originalausgabe

Herstellung: Freiburger Graphische Betriebe 1996
Umschlaggestaltung: Joseph Pölzelbauer
Umschlagfoto: © Mathias Michaelis
ISBN: 3-451-04394-7

Meinen slowenischen Freunden
Mira Miladinović
Boris A. Novak
Veno Taufer

I

„Es ist nichts, es ist nichts, es kann mir doch gar nichts geschehen. Es kann mir etwas geschehen, aber es muß mir nichts geschehen."

Das Grab Nr. 16 auf Feld XXV, Klasse I, Reihe 3 auf dem Friedhof Annabichl in Klagenfurt. Die Blumen sind noch frisch, wenige Tage zuvor war die Beisetzung.

Es *war* etwas geschehen. Uwe Johnson, Kollege und Freund Ingeborg Bachmanns seit der ersten Begegnung auf einer Tagung der Gruppe 47, erfuhr von diesem marternden Tod während einer Sitzung der Akademie der Künste in Berlin. Er reiste ab, nach Klagenfurt, und ging zum Grab. Dann suchte er ihre Wege in dieser Stadt, in die sie zu Lebzeiten nicht zurückwollte.

Es wurde ein Buch daraus, eine Topographie von Wahrnehmungen, der Versuch, die Stadt, die er einmal zusammen mit ihr besuchen wollte, für Ingeborg Bachmann zu beschreiben.

„Vor allem durfte man hier nicht aufgewachsen sein und ich sein und dann auch noch wiederkommen", hatte sie gesagt.

Er hat sie nicht allein gelassen bei diesem Wiederkommen, das Wiedererkennen war und ein Geschenk zum Leben, andauernder Nachruf.

Auf Wirklichkeiten bestehend, präzise, detailliert bis in pedantische Aufzählungen von Zahlen und Namen, entstand das Mosaik von Gegebenheiten und biographischen Mitteilungen, Texten von Ingeborg Bachmann und Zitaten aus Presseberichten, Akten und Reden. Uwe Johnson, auch er „ein Durchreisender, dem niemand seine Herkunft ansieht", wie Ingeborg Bachmann es für sich gewünscht hatte. Er brachte seine Trauer in den *Garten der Ruhe* – so steht es auf dem Torpfosten zum Friedhof –, an das Feld XXV, Klasse I, Reihe 3, Grab Nr. 16.

Mehr kann niemand tun.

Am 4. November 1973 hielt er in der Akademie der Künste in Berlin seinen Nachruf:

„Ingeborg Bachmann, außerordentliches Mitglied der Abteilung Literatur seit 1961, lebte vom 25. Juni 1926 bis zum 17. Oktober 1973. Geboren ist sie in Klagenfurt, der Hauptstadt des österreichischen Bundeslandes Kärnten. Sie studierte, von 1945 bis 1950, Philosophie an den Universitäten Innsbruck, Graz und Wien. Sie wurde 1950 in Wien promoviert für eine Dissertation über ‚Die kritische Aufnahme der Existentialphilosophie Martin Heideggers'. Sie arbeitete mit dem ‚Wiener Kreis', einer philosophischen Richtung, die versucht, ohne Benutzung der Metaphysik die erkenntnistheoretischen und logischen Grundlagen der Wissenschaft freizulegen. Von 1951 bis 1953 war sie angestellt bei der Sendergruppe Rot-Weiß-Rot. An späteren wissenschaftlichen Beschäftigungen sind vor allem zu nennen Beiträge zum Verständnis des Werkes von Ludwig Wittgenstein, Übersetzungen von Werken Sigmund Freuds ins Italienische* und Beihilfen zur neuen Ansiedlung des Psychoanalytischen Instituts in Wien. Sie schrieb drei Libretti, alle für Opern von Hans Werner Henze. Ihre literarischen Veröffentlichungen sind:

---

* Dies ist ein Irrtum von Uwe Johnson. Ingeborg Bachmann hat Freud gelesen, aber nicht übersetzt.

Die gestundete Zeit. Gedichte. 1953.
Anrufung des Großen Bären. Gedichte. 1956.
Zikaden. Hörspiel. 1955.
Der gute Gott von Manhattan. Hörspiel. 1958.
Das dreißigste Jahr. Erzählungen. 1961.
Malina. Roman. 1971.
Simultan. Erzählungen. 1972.
Übersetzungen von Gedichten Ungarettis,
Prosastücke wie ‚Was ich in Rom sah und hörte'.

In Rom lebte sie zwanzig Jahre lang, mit Unterbrechungen, so in Bayern, in England, der Schweiz, den U. S. A., in Westberlin, in Frankreich, in Hessen, gelegentlich in Österreich. In Rom ist sie gestorben.

‚Das Ärgste ist, daß ich an der fixen Idee, nach Rom gehn zu wollen, selber schuld habe …'

Aber Ingeborg Bachmann liegt nicht in Rom begraben. Ihr Grab ist in Klagenfurt."

Ingeborg Bachmanns Tod in Rom durch einen Brandunfall, dieses grauenvolle Sterben nach der letzten Zigarette. Das Nylonnachthemd hatte Feuer gefangen, die Schläferin wurde bewußtlos und mit schwersten Verletzungen aufgefunden am Morgen. Niemand konnte mehr helfen, sie lag im Koma.

Ist sie an den Verbrennungen gestorben oder an mangelnder medizinischer Sorgfalt, weil nicht erkannt wurde, was der Körper brauchte an täglich zuzuführenden Medikamenten? Warum wußte das niemand? Fragen, die zu einem Prozeß wegen unterlassener Hilfeleistung führten. Auch entstand der Verdacht, es sei möglicherweise Mord gewesen. Selbstmord wurde ausgeschlossen.

Mord und Selbstmord waren zwar gedachte Todesarten in dem großen Projekt, an dem Ingeborg Bachmann arbeitete, doch war sie, wie ihre Freunde sagten, stark in der Überwindung von Krisen, auch trickreich sich selbst gegenüber.

Ihr Leben in den letzten Jahren war, obwohl sie wenig veröffentlichte, äußerst arbeitsam und, wie sich nach der Werke-Ausgabe und vor allem nach der Edition des „Todesarten-Projekts" herausstellte, sehr produktiv, aber sie blieb überbordend unvernünftig, von unmäßiger Betäubungsgier, verloren und einsam.

Man wird die Hintergründe dieses Sterbens kaum erfahren. Nachrufe, die an der Todesursache rätseln, vielleicht gar in der Sicherheit einer symbolischen Vorwegnahme dieser „Todesart" im Werk, etwa in „Malina", zählen die vielen Feuer auf in den Gedichten, in der Prosa der Schriftstellerin, die sich stets weigerte, ihre eigenen Texte zu interpretieren.

In der Flamme „vergehen" kommt da vor, die Erfahrung des uralten Heiligen Feuers, Dantes Hölle und die Glut, die die Jünglinge im Feuerofen aushielten. Feuer gibt Licht, Wärme, symbolisiert Inspiration, Freude, macht sichtbar, zeigt Schönheit, Leidenschaft und Liebe. Zum „Denken befeuert" waren Philosophen, sie lernte es bei Martin Heidegger, und sie selber erfuhr als zornschleudernde Undine:

„Wenn ich befeuert bin in der Nacht
knistert's im dunklen Bestand,
und ich schlage den Funken aus mir.
Wenn ich befeuert bleib wie ich bin
und vom Feuer geliebt ..."

Nein, wir dürfen kein Omen daraus machen, denn, so heißt es in den „Liedern auf der Flucht“:

„Die Liebe hat einen Triumph und der
  Tod hat einen,
die Zeit und die Zeit danach.
Wir haben keinen.“

Wir müssen uns hüten, die Biographie dem Werk aufzuzwingen, wo Worte sich weigern.

Ingeborg Bachmann gebrauchte das Wort „diskret“ für Menschen mit Sensibilität für solche Grenzen. Nichts springt den anderen an, nichts übertönt. Zuhören, Schauen, Dasein. Es kann geschehen, daß zwei solche einander nahe sind und kaum Sprache füreinander finden. Uwe Johnson hatte diese Diskretheit.

„Zum Tod fall dir nichts ein“, heißt es im Gedicht „Ihr Worte“. Ingeborg Bachmann verteidigte das Unsagbare als unsagbar und damit zugleich das Gesagte.

II

„Besuchen Sie mich doch – bitte!"

1962, Piper Verlag, München. Sie war heraufgekommen in den ersten Stock des Hauses Georgenstraße 4, lehnte an meinem Schreibtisch, auf dem Hannah Arendts Manuskript „Eichmann in Jerusalem" lag, das ich zu lektorieren hatte. Nein, setzen wolle sie sich nicht, nur mich begrüßen, wie der Verleger Klaus Piper es wünschte.

Ich ging um den Tisch herum, stand neben ihr. Leise, scheu fragte sie nach meiner Arbeit und warum ich hier säße und nicht am eigenen Schreibtisch. Die präzise Ortung, so empfand ich es, verwirrte mich, hatte ich doch, wenn auch noch nicht lange, das Leben als freie Autorin versucht, mit Radioessays, Hörspielen und Übersetzungen, historische Themen, wie es vom Studium her nahelag, aber, sechs Jahre jünger als Ingeborg Bachmann und eben promoviert, noch unsicher im Alleingang, in fremder Sprache mehr zuhause als in der eigenen.

Die „Banalität des Bösen", wie Hannah Arendt sie mit heroischer Akribie als Beobachterin des Eichmann-Prozesses in Jerusalem herausziselierte, war mein Thema geworden, der nicht mehr verstellte Blick auf von Kindheit an Geahntes. Ich las, was ich finden konnte von dieser Philosophin des Konkreten, deren Ängste und Verzweiflung und Verletzlichkeit ich nur mutmaßen konnte.

„Und?", fragte Ingeborg Bachmann mit gesenktem Kopf. Sie hob die Augen, um mich anzusehen, ohne sich zu bewegen, was ihr eine fordernde Unerbittlichkeit verlieh, der ich mich nicht entziehen konnte.

„Und"?

Mir imponierte das. Was sollte ich Ingeborg Bachmann, die über Martin Heidegger promoviert hatte, von Hannah Arendt, einer Schülerin Heideggers, erzählen? Von ihrem radikalen Fragen, dem Mut, was sie als wahr erkannt hatte zu sagen, trotz heftiger Einwände jüdischer Freunde, so als sie schrieb, auch Juden hätten durch ihre Passivität Anteil an der Entwicklung, die zu den beispiellosen Verbrechen an der Menschheit geführt hatten?

Auch ich fürchtete dieses Argument, wenn es in die Auseinandersetzungen meiner Generation mit der älteren gelangte; aber es änderte nichts an der Unausweichlichkeit, vor der *wir* standen, Ingeborg Bachmann wie ich, großgewordene Kinder der Diktatur mit schweigenden Eltern und der Sehnsucht nach verläßlichen Worten, und seien sie noch so entblößend. „Das wird es nicht geben", sagte Ingeborg Bachmann.

Damals widersprach ich ihr. Ich hatte dieses Manuskript vor Augen. Hannah Arendt hatte, so dachte ich, dialektisch philosophierend den neuen Typus des „Verwaltungsmörders" analysiert, den Charakter einer ordentlichen Person, die ganze Völker auslöscht und dadurch „die Menschheit aufs schwerste verletzt hat". Das schien mir die entsetzlichste aller Wahrheiten.

Ich las Ingeborg Bachmann aus dem Arendt-Manuskript ein Stück der fingierten Rede der Richter an den Angeklagten vor: „Wenn Sie sich auf Gehorsam berufen, so möchten wir Ihnen vorhalten, daß die Politik ja nicht in der Kinderstube vor sich geht und daß im politischen Bereich der Erwachsenen das Wort Gehorsam ein anderes Wort ist für Zustimmung und Unterstützung.

So bleibt also nur übrig, daß Sie eine Politik gefördert

und mitverwirklicht haben, in der sich der Wille kundtut, die Erde nicht mit dem jüdischen Volk und einer Reihe anderer Volksgruppen zu teilen, als ob Sie und Ihre Vorgesetzten das Recht gehabt hätten zu entscheiden, wer die Erde bewohnen soll und wer nicht."

Wir sprachen noch über einen kleinen Text von Hannah Arendt aus dem Jahr 1950, als sie, aus den USA kommend, wohin sie emigriert war, wieder in Deutschland reiste. Da ist von „Verwandlung der Realität in das Mögliche" die Rede; sie sah das Verhalten der Nachkriegsdeutschen von dem „verständlichen Bedürfnis geprägt, bei den Gedanken und Vorstellungen Zuflucht zu nehmen, die man hatte, bevor irgendetwas Kompromittierendes geschehen war", vor 1933 also. Jeder spontanen sprachlichen und intellektuellen Reaktion beraubt, schien ihr die jüngere Generation der Erwachsenen „unerwachsen", die ältere weit nach rückwärts gewandt, klagend, egozentrisch. Dabei gibt es ein Gegenprinzip gegen die Angst: „eine Reihe von vorne zu beginnen".

Das war es, was mich an diesem Schreibtisch, bei diesem Manuskript festhielt: die Mitteilung von Erfahrung und die Bürde, das Erfahrene denkend zu „durchdringen", wie Arendt sagte, „das Ungeheuerliche nicht zu leugnen" und darin einen neuen Anfang zu wagen.

Zuerst hatte ich das Gefühl, Ingeborg Bachmann wolle meine Antworten auf ihre Fragen gar nicht hören, angelehnt, abgewandt, wie sie neben mir stand, jeder auf seiner Insel. Im Hörspiel „Die Zikaden" von 1955 hatte sie geschrieben, „es gibt viele Menschen, die versuchen, auf Inseln zu leben."

Ich selbst war einer von ihnen, und ich erinnere mich, daß mir eines Tages, als ich zum Strand hinunterging, einer entgegenkam und wegsah. Ich verstand sogleich, weil ich selbst nicht gesehen werden wollte. Er mußte mit dieser „Geschichte" fertig werden, die er mir so wenig erzählt hätte, wie ich ihm die meine. Ja, ich glaube, es war gegen Mittag, als wir im Begriff waren, aneinander vorbeizugehen."

Anders als in diesem betörend phantasievollen Text mit der Musik von Hans Werner Henze veranlaßte uns im Papiergeruch des Lektorats nichts, kein Getöse, kein Gesang, uns anzusehen ohne Arg und Vorbehalt. „Besuchen Sie mich – bitte!", hatte sie gerade gesagt, ohne den Blick vom Boden zu heben, als Burkart Kippenberg hereinkam, unbekümmert charmant die Hand zum Gruß ausstreckte und nach dem warum und wie des Besuches im Haus und nach den neuesten Plänen fragte, was ich nie gewagt hätte. Da strahlte sie, so wie ich oft gehört hatte, daß sie „strahlen" konnte, mit Sternenaugen, das Gesicht nicht mehr lang, das Kinn leicht. Sie lachte, sie hob den Kopf und wuchs aus ihren kleinen Schuhen heraus.

Wir setzten uns an den Tisch. Ich hörte dem, was ich später als Plaudern abtat, eher verlegen zu. Es war wohl die kleinste der möglichen Verwandlungen dieses Gesichts, das weder Nähe noch Distanz zuließ.

Ich begleitete sie hinaus. Auf der Treppe drehte sie sich um und wiederholte den Satz: „Besuchen Sie mich, bitte!"

Am Tor sagte ich: „Ja, ich werde Sie besuchen." Doch ich tat es nie.

Immer blieb mir diese zarte, drängende, hohe Stimme gegenwärtig, und immer erkannte ich sie, die fremde

Freundin, in der Sprache ihrer Poesie. Ich hörte sie sprechen im Rundfunk, Gedichte lesen, betrachtete sie auf unzähligen Photographien. Ich kannte Menschen, die mit ihr Umgang hatten, und es gab viele Gemeinsamkeiten. Vielleicht hat uns gerade das auf unseren Inseln festgehalten.

III

Kleinstadt; das kann vieles sein. Manchmal ein Dorf mit seßhaften Bewohnern, die trotz Wallfahrt und moderner Reisen ihre Neugierde auf das Funktionieren von Geräten beschränken; andere wollen hoch hinaus und fühlen sich wie verkannte Genies von den Metropolen belächelt. Einige alte, traditionsreiche Städte tragen auf Schild und Antlitz vor sich her, was sie sind: stolz, selbstgenügsam, denkmalgeschützt und restauriert, rund und satt, kaum angekratzt vom Geist der Zeit.

Sie kam aus Klagenfurt: „In diese Stadt ist man selten aus einer anderen Stadt gezogen, weil ihre Verlockungen zu gering waren; man ist aus den Dörfern gekommen, weil die Höfe zu klein wurden und hat am Stadtrand eine Wohnung gesucht, wo sie am billigsten war."

In der Erzählung „Jugend in einer österreichischen Stadt" ist das Anheimelnde der Landschaft beschrieben, vor den großen Bergen, im Frühling, wenn die Kinder um das Haus der Großeltern auf dem Lande am Ende des Sees herumlaufen, im großen Sommer in der viel zu kleinen Stadt; Herbstferne und üppige Farben, das Einhäuseln im Winter, das die Kinder in Zucht und am Tisch hält, stets beieinander, so scheint es, und alleingelassen mit ihren Fragen.

Kärntner, Österreicher, Slowenen, Deutsche – wer kannte sich da aus, warum der Krieg sie gegeneinanderbrachte?

„Ich habe meine Jugend in Kärnten verbracht, im Süden, an der Grenze, in einem Tal, das zwei Namen hat – einen deutschen und einen slowenischen. Und das

Haus, in dem seit Generationen meine Vorfahren wohnten – Österreicher und Windische –, trägt heute noch einen fremdklingenden Namen. So ist nahe der Grenze noch einmal die Grenze: die Grenze der Sprache – und ich war hüben und drüben zu Hause mit den Geschichten von guten und bösen Geistern zweier und dreier Länder; denn über den Bergen, eine Wegstunde weit, liegt schon Italien."

Kärnten, so heißt es in den Prospekten der 70er Jahre, hatte fast eine halbe Million Einwohner, davon etwa ein Drittel Slowenen, die 1920 für Österreich votierten, nachdem die Republik sich der Ansprüche auf das seit Jahrhunderten von Slowenen bewohnte Grenzgebiet zum Königreich der Serben, Kroaten und Slowenen nicht zu erwehren vermochte. Die Grenze war keine Grenze; man ging über die Berge und zurück und sah Landschaft nicht als Territorium an.

Die Politik aber weiß es besser: Hier hört das eine auf und fängt das andere an, und der Ausweis entscheidet über Zugehörigkeiten.

„Die Kinder lösen von den Schokoladentafeln das Silberpapier und flöten darauf ‚Das Maria-Saaler G'läut'. Die Kinder lassen sich in der Schule von einer Ärztin den Kopf nach Läusen absuchen. Die Kinder wissen nicht, wieviel es geschlagen hat, denn die Uhr auf der Stadtkirche ist stehengeblieben."

Die Uhr hat die Zeit nie aufgeholt. Im Wirtshaus neben der Kirche von Maria-Saal hängen noch heute die Trophäen jenes Deutschtums, das nicht erst 1938 ins Land zog beim Anschluß Österreichs ans Deutsche Reich, was sein „Verschwinden" bedeutete. „Österreichs Sterbeweg", den der jüdische Autor Max Rieser

1938 auf der Flucht so eindrucksvoll beschrieb, ist von uniformierten Leichenflädderern gesäumt, von Okkupanten, deren Einschreiten alles übertraf, was vorwegnehmende Dichter und die Heroen des Wallfahrtsortes Maria-Saal sich für die Ordnung des Lebens in der „neuen Zeit" hätten ausdenken können.

Noch Jahrzehnte später schreckt Ingeborg Bachmann die „ungeheure Brutalität", die sofort spürbar gewesen sei. „Es hat einen Moment gegeben, der hat meine Kindheit zertrümmert", sagt sie 1971 in einem Interview. Es war der Einmarsch von Hitlers Truppen: „... dieses Brüllen, Singen und Marschieren – das Aufkommen meiner ersten Todesangst. Ein ganzes Heer kam da in unser stilles, friedliches Kärnten."

Der Sage nach, so heißt es in den Stadtannalen, hauste in dem einstmals sumpfigen Gebiet, auf dem Klagenfurt errichtet wurde, ein Ungeheuer, der Lindwurm. Vergeblich hatte der Fürst versucht, das riesenhafte Wesen zu fangen, das Menschen und Tiere verschlang und alle in Furcht und Zittern hielt. Deshalb versprach er demjenigen, dem es gelingen sollte, den Lindwurm zu bezwingen, das ganze Land, auf dem es sein Unwesen getrieben hatte. Tatsächlich lockten einige Männer vereint den Lindwurm aus den Sümpfen und erschlugen ihn. Nicht einer allein, so hört man manchmal noch in Klagenfurt, darf die Herrschaft übernehmen. Doch der Lindwurm, das Wahrzeichen der auf den trockengelegten Sümpfen gebauten Stadt, war nicht anzurufen gegen Diktatoren, Tyrannei, Belagerung und Naziterror.

„Der heilige Georg steht auf dem Neuen Platz, steht mit der Keule und erschlägt den Lindwurm. Daneben die Kaiserin steht und erhebt sich nicht. O Stadt. Stadt. Ligusterstadt, aus der alle Wurzeln hängen. Kein Licht und kein Brot sind im Haus. Zu den Kindern wird gesagt: Still, seid still vor allem."

Ingeborg Bachmann, geboren am 25. Juni 1926 in Klagenfurt, war mit den „Kindern". Die Kinder, das ist sie mit der Schwester Isolde, das ist der sechs Jahre jüngere Bruder Heinz. Der Vater, ein protestantischer Lehrer aus dem Gailtal, brachte ihr Italienisch bei, ein Mann im Habitus bürgerlicher Wohlanständigkeit; die Mutter, nach den zugänglichen Fotos, eher rundlich, freundlich. „In dem Mietshaus in der Durchlaßstraße müssen die Kinder die Schuhe ausziehen und in Strümpfen spielen, weil sie über dem Hausherrn wohnen. Sie dürfen nur flüstern und werden sich das Flüstern nicht mehr abgewöhnen in diesem Leben."

Der Durchlaß war eine schmale Unterführung unter die Bahngeleise, über die der Zug nach Wien fuhr, dahinter lag das Rollfeld des kleinen Flughafens, auf dem man von Wien her kommend landete, direkt neben dem Friedhof, wie es merkwürdigerweise auch in anderen Städten ist, Berlin-Tempelhof zum Beispiel, jahrzehntelang kam man auf dem Flugplatz Tempelhof nieder, aus jeder Richtung des übrigen Deutschland, zuerst zwischen den Häusern durch, die Blumentöpfe vor den Fenstern im Gesicht, zum Schluß ein Friedhof, das letzte Kreuz, ehe der Boden einen wieder hatte.

In Klagenfurt ist das anders. Der Friedhof liegt außerhalb der Stadt, Annabichl ist der Flurname; weg von den Siedlungen, wie es nach den großen Pestepidemien Vorschrift wurde, aus Angst, der Tod könnte zurückkommen in die Stadt. „Jemand ist auf die Idee gekommen, den Flugplatz neben den Friedhof zu legen, und die Leute in K. meinten, es sei günstig, für die Beerdigung der Piloten, die eine Zeitlang Übungsflüge machten. Die Piloten taten niemandem den Gefallen abzustürzen."

Die Kinder gingen zur Schule; Ingeborg Bachmann besuchte das Gymnasium der Ursulinen, von dem Uwe Johnson, der Dichter der „Jahrestage", später sagen wird:

„Die Ursulinen von Klagenfurt. Kaiserliche Sondersteuern für die österreichische Rüstungspolitik. Nach der glorreichen Befreiung Wiens von den Türken im Jahre 1683 eine Vorschreibung von 9800 Talern für das Ursulinenkloster Kl. Die Kriege der Maria Theresia kamen abermals teuer; bei einer Durchreise gab die Dame nicht mehr als 100 Dukaten zurück, als Spende. Unter der französischen Besetzung im Jahre 1809 wurden sie erst die Kirche los und dann alles; drei Monate Asyl in Gurk. Im Krieg 1914/1918 mußten sie ein Militärspital aufnehmen. Am 15. März 1938, zur Zeit des Mittagessens, stellte ein davongelaufener Landsmann sich hin in Wien und meldete den Eintritt seiner Heimat in das Deutsche Reich. ‚Deutschland und sein neues Glied', so sagte er. Die Ursulinen gehörten nun dem neuen Reich. Die Schülerinnen auch."

Musik wollte sie machen. Sie spielte Geige und Klavier. Musik und Literatur und das Umherschweifen in der Umgebung waren die Beschäftigungen. Später wird sie wissen, was dieses Wort „Beschäftigung" bedeutet und wird es hassen, und sie wird sich erinnern, daß es in der Kindheit etwas anderes hieß. „Beschäftigung", das hieß frei, willkürlich im wahrsten Sinne, voller Bewegung, Wonne, Eifer, Hoffnung und „Ungeduld nach einer Wirklichkeit, die kommen mochte, die man nur verbarg"

– so las sie, und Rilke gehörte in dieses Heranwachsen wie Dante, Shakespeare, Baudelaire und Hofmannsthal.

„Die Fahnen schlagen über den Köpfen zusammen". Sie fürchten sich vor der Welt. Alarm, Feuer, berstende Mauern, die Bomben jagen das Eis dieses Winters 1944 hoch. Die marschierenden Männer haben die Kinder aus den Spielen verjagt und ihnen den Krieg gegeben, den alles besetzenden Krieg.

Es gibt keine Schule mehr und viel freie Zeit, die jetzt dem Krieg gehört, denn nichts anderes gilt mehr, in Österreich wie im ganzen deutschen Reich und überall, wohin die harte deutsche Stiefelsprache kam.

Mein Bunker war an der holländischen Grenze, der meiner Großeltern beinahe in Belgien. Ich war sieben Jahre alt, als sie aufmarschierten. Wir durften ihnen nicht folgen mit unseren Fahrrädern, Sperrgebiet auf einmal und eine zweite Sprache, Niederländisch. „Vertrieben aus dem Kinderland", wie Ingeborg Bachmann sagte.

Die Klagenfurter Zeitung vom Dienstag, 15. März 1938, von Uwe Johnson mit vielen anderen Quellen aufgetan, läßt die Erregung jener Tage ahnen. Reichsdeutsche auf Panzerkampfwagen, Panzerspähwagen, Lastkraftwagen, Personenkraftwagen, Motorrädern, Sonderkraftfahrzeugen, Zugkraftmaschinen, Mannschaftswagen, schließlich deutsche Flieger, Aufmarsch der NSDAP, der Kapelle, der Schutzpolizeitruppe.

Vierundvierzig Menschen wurden als politische Gefangene in Schutzhaft genommen, in Wien waren es der Bürgermeister, Beamte der Staatspolizei. Andere waren sofort ihrer Ämter enthoben.

Der Jubel aber, als der „Führer" tatsächlich nach Klagenfurt kam, die Sorge um „ein geschlossenes Straßenbild" („Volksgenossen stehen in einer Richtung und überbieten sich nur im Arbeitseifer") kennt keine Grenzen. Der Jubel rennt über die Seelen der Kinder, wie wenn es sie nicht gäbe, und tatsächlich gibt es sie nicht mehr. Sie sind eingeordnet.

Auch dies hat Uwe Johnson ausgegraben, Organ der SS, „Das schwarze Chor": „Bald wird hinter jedem tätigen und untätigen Österreicher ein Preuße stehen, und er wird mit bitter treffendem Tadel nicht sparen, wenn es irgendwo hapert."

Dr. Goebbels, der Reichsminister, war da. Er bekräftigte das Programm: „Wir nehmen dieses Kärntner Volk und Land ganz fest und treu an unser deutsches Herz."

Waren sie denn nun doch nicht deutsch, nicht zugehörig, heimgeholt? Hatten sie kein „deutsches" Herz, die Kärntner? Slowenen sangen dem eiligen Propagandachef der Nazis „Kein schöner Land".

„Der Deutsche im Alpenraum", ein Buch von Felix Kraus im Eugen Diederichs Verlag, Jena, 1938, auch das von Uwe Johnson aufgefunden.

Der Deutsche im Alpenraum ein neuer Mensch? Oder gab es ihn, gibt es ihn überall, wo totalitäre Herrschaft möglich wird?

Der umgebaute Mensch bekommt Nachhilfe: Was einst Benediktinerplatz hieß, war jetzt der Platz der S. A.; der Dollfußplatz wurde zum Feuerwehrplatz, die Dollfußstraße Adolf Hitler-Straße, die Ignatz Seipel-Straße Griesgasse, die Ursulinengasse Langmarckstraße.

Seit Beginn der Zwanzigerjahre war vom „Anschluß an das Reich" die Rede gewesen. Österreichs Kanzler, die Christlich-Sozialen, Prälat Dr. Seipel und Engelbert

Dollfuß, konnten die Mitte nicht halten: hier Heimwehren, Nationalsozialisten, da Sozialisten, im Sozialistischen Schutzbund organisiert. Vor dem Putsch der Nationalsozialisten 1938 und der Ermordung des Kanzlers Dollfuß hatten die Vaterländischen Kommunisten und Sozialisten in Straßenkämpfen und auf parlamentarischem Wege besiegt. Die Vaterländische Partei, die einzige übriggebliebene, hielt den Druck der vom Reich gestützten Nationalsozialisten nicht aus. Das Ultimatum Hitlers vom 11. März 1938 fand die Regierung Österreichs von „Braunen" plangemäß unterhöhlt.

Der kleine Fluß, das Schloß Zygulla, nichts rührt sich.

Die Kinder sehen das Tageslicht kaum und sind allein mit den Frauen. Das Wort „Soldaten" füllt ihren Alltag, Soldaten brauchen Socken. Es ist nie mehr Licht im Haus, die Kerzen werden knapp, man kann nicht mehr lesen. „Sie dürfen bei Alarm die Hefte liegen lassen und in den Bunker gehen. Später dürfen sie Süßigkeiten für die Verwundeten sparen oder Socken stricken und Bastkörbe flechten für die Soldaten, für die auf der Erde, in der Luft und im Wasser. Und derer gedenken, in einem Aufsatz, unter der Erde und auf dem Grund. Und noch später dürfen sie Laufgräben ausheben zwischen dem Friedhof und dem Flugfeld, das dem Friedhof schon Ehre macht. Sie dürfen ihr Latein vergessen und die Motorengeräusche am Himmel unterscheiden lernen. Sie müssen sich nicht mehr waschen."

Ein Gedicht, „Nach grauen Tagen", vom 10. Oktober 1944, gibt die Stimmung der 18jährigen wieder:

„Tränen liegen auf meinen Wangen
aus den Nächten des Irrsinns,
des Wahnes schöner Hoffnung,
dem Wunsch, Ketten zu brechen
und Licht zu trinken ...
Eine einzige Stunde Licht schauen!
Eine einzige Stunde frei sein!"

Die Luftschutzakten im Stadthaus von Klagenfurt verzeichnen, so hat Uwe Johnson es aufgeschrieben, im Jahr 1944 14 Angriffe, 1945 bis zum 26. April 31. Ingeborg Bachmanns Kindheitsspuren führen von der Durchlaßstraße durch das Haus in der Henselstraße und enden im Bunker unter dem Ursulinenkonvent am Kreuzberg. Sie hört mehr, als sie hören sollte, Geräusche flüstern Geschichten und welche Art von Bombe oder Abwehrkanone oder Fahrzeug das war, das oben auf der Straße Dinge transportierte, aber auch Menschen, irgendwohin. Am 1. April 1938 wurden 150 Österreicher ins Konzentrationslager Dachau gebracht.

Im Hochamt der Kleinstadt, in der ich aufwuchs, Bistum Münster, rief der alte Pastor mit bebender Stimme von der Kanzel „Christus war ein Jude".

Der Hirtenbrief des Kardinals Gahlen hat mich tief erschreckt, und ich ahnte, daß er mit den versteinerten Mienen der Eltern, mit halbverstandenen Sätzen der Frauen im Luftschutzkeller und ihrem beharrlichen „Das sagen wir dir später" oder einfach „Es ist nichts" zu tun hatte. Die Kinder versuchten, wach zu bleiben, um mitzubekommen, was rund um sie geschah.

„Die Zeit der Andeutungen ist zu Ende. Man spricht vor ihnen von Genickschüssen, vom Hängen, Liquidieren, Sprengen, und was sie nicht hören und sehen, riechen sie, wie sie die Toten von St. Ruprecht riechen, die man nicht ausgraben kann, weil das Kino darübergefallen ist, in das sie heimlich gegangen sind, um die „Romanze in Moll" zu sehen. Jugendliche waren nicht zugelassen, aber dann waren sie es doch, zu dem großen Sterben und Morden ein paar Tage später und alle Tage danach."

Die Kinder der Schweigenden faßten mit an und fragten nicht mehr, wie sie vor Jahren noch gefragt hatten: Wo sind die Nachbarn hingegangen über Nacht, wo ist der Schulkamerad und wo der Arzt? Oder hat Ingeborg Bachmann sich das nicht gefragt? Über die Haltung ihrer Eltern erfahren wir nichts.

Als der Krieg zuende ging, war sie fast 19 Jahre alt, ich war 13. Uniformen gehörten zu unserem Alltag, SA, SS, HJ, BDM. Wir wußten, wer zu sagen hatte und wer nicht. Als ich 10 war, mußte ich zum Jungvolk der HJ. Kommandos, ewige Turnerei ohne die geringste Aussicht auf eine Siegernadel auf den Sportfesten. Ich rannte nicht schnell, hatte zu schwache Handgelenke fürs Geräteturnen und taugte nur zum Geländespiel, weil ich keine Angst hatte, alleine weit durch die Gräben und in den Wald zu laufen.

Sie sei sehr zart gewesen als Kind und viel krank, heißt es. Hat sie da nicht marschieren müssen, in Uniform Trümmer räumen, antreten, singen und zu den Massenveranstaltungen gehen, wo einem die Luft weg und Panik fürs Leben blieb?

Der Bunker und das Dunkel, das blieb unsere fast stillstehende Welt.

„Und eines Tages stellt den Kindern niemand mehr ein Zeugnis aus, und sie können gehen. Der Frühling kommt nieder mit klaren wütenden Wassern und gebiert einen Halm. Man braucht den Kindern nicht mehr zu sagen, daß Frieden ist. Sie gehen fort, die Hände in ausgefransten Taschen und mit einem Pfiff, der sie selber warnen soll."

„In diesen Mauern, zwischen den Ringstraßen, wieviel Mauern sind da noch?" Die Neunzehnjährige sieht sich um. Sie hat das Abitur in der Tasche, „Matura", wie es im Österreichischen heißt. Sie zieht „den Mantelkragen höher", und sie wird nicht Lehrerin werden und nicht Schubert-Lieder einstudieren, „Fremd bin ich eingezogen, fremd zieh ich wieder aus". Sie geht zum Studium nach Innsbruck. Wozu, das fragt sie nicht, was sonst soll sie tun? „Der Vogel Wunderbar, lebt er noch? Er hat geschwiegen sieben Jahr. Sieben Jahr sind um. Du mein Ort, du kein Ort, über Wolken, unter Karst, unter Nacht, über Tag, meine Stadt und mein Fluß. Ich deine Welle, du meine Erdung."

Der Pfiff ist kläglich, und der Mantelkragen reicht nicht aus. Worte müssen her, große Worte, die dem Schritt vorauseilen. „Wo die Stadt aufhört, wo die Gruben sind, wo die Siebe voll Geröllresten stehen und der Sand zu singen aufgehört hat, kann man sich niederlassen einen Augenblick und das Gesicht in die Hände geben. Man weiß dann, daß alles war, wie es war, daß alles ist, wie es ist, und verzichtet, einen Grund zu suchen für alles. Denn da ist kein Stab, der dich berührt, keine Verwandlung. Die Linden und der Holunderstrauch...? Nichts rührt dir ans Herz."

Ein Durchreisender will sie sein, dem niemand seine Herkunft ansieht, und doch voller Sehnsucht nach dem großen runden Baum vorm Theater:

> „An schönen Oktobertagen kann man, von der Radetzkystraße kommend, neben dem Stadttheater eine Baumgruppe in der Sonne sehen. Der erste Baum, der vor jenen dunkelroten Kirschbäumen steht, die keine Früchte bringen, ist so entflammt vom Herbst, ein so unmäßiger goldner Fleck, daß er aussieht, als wäre er eine Fackel, die ein Engel fallen gelassen hat ... Und nun brennt er, und Herbstwind und Frost können ihn nicht zum Erlöschen bringen.
>
> Wer möchte drum zu mir reden von Blätterfall und vom weißen Tod, angesichts dieses Baums, wer mich hindern, ihn mit Augen zu halten und zu glauben, daß er mir immer leuchten wird wie in dieser Stunde und daß das Gesetz der Welt nicht auf ihm liegt?"

Alles sich mischen zu sehen, die „frühe Dunkelhaft mit den Flügen über Wolken in Weißglut", welch Utopia! Doch das Gedächtnis behält das alles in ewiger Gegenwart, die Dunkelhaft, die Sirenen, die Toten, ermordet und gefallen, die im Partisanenkampf erschlagenen Slowenen und ihre Gegner, die Bilder, die Gerüche, das Schweigen, das Stillsein und das Flüstern.

IV

Vielleicht war Innsbruck ihr zu eng, die Hauptstadt der Tiroler, die Stadt des Kaisers Maximilian, der hier in schon absolutistischer Manier sein Grabmal baute, Burgunderstil und schön und unnütz, denn er liegt dort nicht im Gehäuse. „Der Mensch muß sich ein Gedächtnis machen", so sagte er, der zu Beginn des 16. Jahrhunderts die neue Kunst des Buchdrucks mit beweglichen Lettern staunend ausprobierte. Porträtblätter mit dem Antlitz dieses Unglücklichen, Unberechenbaren, in den Augen der Nachwelt Gescheiterten sollten in allen Häusern hängen. Er liebte Innsbruck, die Berge, die Gamsjagd.

Hier stieß jeder an natürliche Grenzen. Ich Flachländerin war an Pieter Brueghel d. Ä. erinnert, seine erste Alpenreise, mühsam genug im rumpelnden Postwagen, durch die Schweiz 1610, und die anhaltende Verwirrung, in die der Anblick der Berge ihn stürzte. Er zeichnete, zeichnete, gewöhnt, perspektivisch weite Landschaften festzuhalten, die fliegenden Wolken dahinter, unendliche Horizonte. Er kam nicht mit, die Berge stiegen über die Blätter hinaus, kein Horizont mehr, kein Himmel, keine Wolken. Es wimmelte von Häusern, einzeln, wie wenn sie liefen, sich zu ordnen in der Vertikalen. Der Berg im Weg allüberall, bedrohlich nah und finster.

Berge ängstigen mich, sagte ich einmal zu Helmut Heißenbüttel, dem freundlichen Norddeutschen der wenigsten Worte. Ja, meinte er, „sie s-tehn so ans-pruchsvoll in der Gegend".

Das traf's. Wir gingen ja auch nicht zum Skifahren, sondern liefen Schlittschuh, bis in weite Fernen auf den Grachten, manchmal von Kirchturm zu Kirchturm.

Ingeborg Bachmann war mit Skiern aufgewachsen, sie kannte die Julischen Alpen, die Karawanken, den Triglav. Sie kannte sie aus ordentlicher Distanz und aus der Nähe vorm Haus, über die Grenzen bis ans Meer.

Irgendwo, wenn meine Erinnerung mich nicht täuscht, schrieb sie, Italien, das Meer, sei ihr lieber als Österreich. Aber vielleicht betraf das die Sprache, die Kultur, die Mentalitäten, sofern man das von der Landschaft trennen kann.

Sie ließ Innsbruck, wie der Wanderer im Lied. Ein zweites Semester in Graz, mit Philosophie und Jura, mit Begegnungen in Künstlerkreisen festigte wohl den Entschluß, bei der Philosophie zu bleiben, das aber nicht hier, sondern in Wien, wohin sie im Herbst 1946 umzog.

Wien war noch zerstört, der Stephansdom auf Photographien jener Zeit wie ein luftiges Drahtmodell. Ein Gedicht von Ingeborg Bachmann spricht von dem Schmerz, mit dem die Nacht sie immer noch „umwunden" hält; der heitere Tag ist Zukunft, das Dunkle geht mit an die Donau.

„Im bewegungslosen Erinnern vor der Abreise, vor allen Abreisen, was soll uns aufgehen? Das Wenigste ist da, um uns einzuleuchten, und die Jugend gehört nicht dazu, auch die Stadt nicht, in der sie stattgehabt hat."

Sie suchte endlich Antworten, so wie wir alle Antworten suchten auf das Verhalten von Individuen, die wir uns doch als „denkend" vorstellten.

Das Nachkriegs-Wien, wie alle Großstädte unübersichtlich, die Wohnungen kalt, zugig, der Schwarzmarkt überall, uninteressant für arme Studenten.

„Es ist eine Störung in meiner Erinnerung, ich zerbreche an jeder Erinnerung, das hat man einander eingeredet, nachgeredet, man hat es mit Darstellungen versucht von einer Zeit, die man die erste Nachkriegszeit nannte. Von einer zweiten hörte man nie etwas. Auch das war ein Betrug. Ich habe mir beinahe auch weismachen lassen, wenn die Türstöcke und Fensterstöcke erst wieder eingesetzt werden, wenn die Schutthaufen verschwinden, dann wird sogleich etwas besser werden, man wird wieder wohnen können und weiter wohnen können. Aber allein die Tatsache, daß ich jahrelang etwas über das Wohnen und Weiterwohnen sagen wollte, wie unheimlich es mir war, obwohl niemand Lust hatte, mir zuzuhören, ist ja recht aufschlußreich."

Hier hatte das Nichts-mehr-davon-wissen-wollen sich breit gemacht. Niemand hat „etwas gewußt", die Zeit der „Schuldlosen" war gekommen. Aufbauen und Nachdenken über das, was in den zwölf Jahren seit 1933 geschehen war, das ging selten zusammen.

Ingeborg Bachmann blieb bei Philosophie als Studienfach, und sie war keine Anfängerin mehr. Sie hörte Leo Gabriel über neuere Philosophie, Alois Dempf über die allgemeine und Viktor Kraft über die Geschichtsphilosophie der sogenannten „Wiener Schule". Der polnische katholische Philosoph Erich Przywara und sein neuer Blick auf Kant und Kierkegaard beeindruckte sie, ebenso der Psychologe Hubert Rohracher. Wegweisend aber war für sie die Lektüre von Ludwig Wittgensteins „Tractatus logico-philosophicus". Sie wird die Lehrer ihres Faches studiert haben von Thales von Milet, Aristoteles über Augustin, Thomas von Aquin, Descartes, Kant, Hegel, Marx bis zu Jaspers und Heidegger.

„Existenz", Freiheit, Wahrheit, die immer wiederkehrenden Begriffe philosophischen Denkens, das wird sie beschäftigt haben, vielleicht im Sinne von Descartes, der sich ja mit nichts weniger zufrieden geben wollte als mit „Gewißheit".

Doch Gewißheit war im 17. Jahrhundert etwas anderes als nach dem zweiten Weltkrieg, und die Logik, nichts gelten zu lassen als „was nicht mehr bezweifelt werden kann", hatte selber nur noch den Zweifel auf ihrer Seite.

Auch Descartes hatte sich gefragt, was er an Wissen gewonnen hatte. „Ich habe viel erfahren, viel gelesen, viele berühmte Menschen getroffen und ihren Lehren zugehört; ich bin gereist. Was habe ich durch all das gelernt? Die außerordentliche Verschiedenheit der Meinungen und Vorstellungen. Die Bücher stimmen nicht miteinander überein; die Menschen, die Völker auch nicht. Wie kann ich also sicher sein, daß irgendetwas wahr ist? Wie kann ich eine Gewißheit erlangen, die der mathematischen gleichkommt?"

Descartes „beschließt", sich selbst zu prüfen und jetzt den Zweifel nicht nur zuzulassen, sondern einzusetzen, methodisch einzusetzen. Ein „gelenkter Zweifel" also, wie die Philosophin Jeanne Hersch so etwas nennt. Dieser Zweifel soll das Unsichere ausschließen und die Gewißheit herausarbeiten. Der Zweifel kennt keine Grenzen, solange er nicht auf etwas trifft, das absolut gewiß ist.

Das einzig Gewisse aber war für Descartes „er selbst".

Wer wollte es nicht erfahren, das „absolut Gewisse"? Philosophie und Germanistik im Wien des „Dritten Mannes"? Haben wir nicht, auch die Jüngeren, diese Orson Welles-Geschichte, die Bilder, die dunklen Mäntel, den Hut, die spärliche Beleuchtung über den nassen Straßen und Kanaldeckeln, die Musik und die Sprache für den Spiegel unserer Zeit gehalten? Alles übrige schien uns Idealismus, Plunder, feine Lebensart aus Zeiten, als man im Salon über Gott und die Welt redete.

Es ging eben nicht mehr über Gott und die Welt. Philosophie *und* Literatur hatten fortan mit dem hochgezogenen Mantelkragen zu tun, mit dem Fortgehen von zu Haus und in die Welt und mit dem „Pfiff", dem warnenden. Descartes hatte eine neue Antwort gegeben: die Gewißheit, daß es das denkende Subjekt gibt, von ihm selbst unzweifelbar erfahren. Er empfand im Denken „eine Art Seligkeit".

Vielleicht war es das, was die Studenten der Philosophie suchten und Professor Viktor Kraft in Wien mit ihnen.

1945/46 fehlten die Bücher, doch das Thema war da: „Das Wissen vom Nichtwissen", wie schon Nikolaus von Cues es um 1460 beschrieben hatte und Edmund Husserl in den 20er Jahren unseres Jahrhunderts phänomenologisch nachwies. Es gibt nichts Bestimmtes. Aber was dann? Wo stehen wir?

In einer Welt der „erweiterten Kommunikationen", die Karl Marx schon vor sich sah, müsse die geistige Konstellation der Zeit zum Thema gemacht werden, hatte Karl Jaspers 1931 geschrieben. Er empfahl, „die philosophische Denkungsart als Licht zu nutzen, mit dem in konkreter Situation die Orientierung über die wesentlichen Dinge besser" gelinge.

Philosophie „tritt" in das „Dasein".

Martin Buber veröffentlichte 1947 ein schmales Buch „Dialogisches Leben". Karl Jaspers hatte noch ein Jahr zuvor, als die Universität Heidelberg ihren Betrieb aufnahm, über die Köpfe der hungrigen Studenten hinweg, meist Kriegsteilnehmer, verwirrte, verängstigte, sein „Die Wahrheit beginnt zu zweit" zelebriert, abstrakt, so schien es, was es nicht war; weit weg von den quälenden Sorgen der jungen Menschen zu seinen Füßen, so meinten viele, was, wie sich erwies, auch nicht der Fall war.

Doch Martin Buber, eine lebensvolle Erscheinung uralter Geistigkeit mit der Aura eines Sokrates und der Sicherheit des geläuterten Moses, Martin Buber war sogleich in der Beziehung zwischen „Du und Ich", im Dialog, bei Frage und Antwort, Ja und Nein.

„Kommunikation"? Was anderes hatten die Kinder des Krieges erhofft, als sie wissen wollten, was das ist: Faschismus, entartet, arisch und nichtarisch, KZ und warum die einen den anderen solche Gewalt antun durften und woher sie die Macht nahmen?

Jaspers sah in der Philosophie die offene Möglichkeit von Entscheidungen und dies auch in der Politik. Nur so könne Demokratie funktionieren.

Den Studenten stellte sich die Frage der Demokratie eher theoretisch. Sie waren Habenichtse, ohne Haus und stolz darauf, wie einst Friedrich Nietzsche in der „Fröhlichen Wissenschaft": „Es gehört selbst zu meinem Glück, kein Hausbesitzer zu sein."

Robert Musil, geboren 1911 in Klagenfurt, hatte mit seinem Roman „Der Mann ohne Eigenschaften" die Antwort versucht: das Feste, die Ordnung, die Moral ist eine von mehreren Möglichkeiten; seine Figuren sind „Menschen vieler Möglichkeiten", der Dialog, das Hin und

Her zwischen Alternativen wird unendlich „zum Tode". Dekadenz als Lebenshaltung.

Die erregende Solidarität mit dem Zögling Törleß übertrug sich jedoch nicht auf die Figur des Ulrich im „Mann ohne Eigenschaften". Für ihn können wir nichts tun.

Das „Tun" aber, dieser Satz: „Denken ist Handeln", lag als Kritik und Forderung in der Luft. Gegen den sich einnistenden blanken Materialismus, gegen das Drüberwegreden, gegen die großen Begriffe. Wo begann denn „die Wahrheit" zu zweit? Woher sollte die Sprache kommen, die „neue" zumal, die ja nicht zum ersten Mal „neu" war und sich immer noch an alten Fassaden gewärmt hat. An Fassaden, hinter denen die vor kurzem noch von Nazi-Pimpfen besungene „neue Zeit" noch lange keine alte, weil vergangen, war? „Kein Bauer gibt Saat auf einen unbearbeiteten Acker", heißt es.

Die beschädigte Stadt erholte sich. Der Geist des alten Wien, des melancholischen, gequälten, raunzigen, musischen, Luftschlösser bauenden und an sich selbst zweifelnden Österreich der vielen Kulturen war nicht untergegangen. Schwer aber wog der Verlust des jüdischen Anteils daran, jene Mischung aus Intellektualität und künstlerischem Einfall, Weltoffenheit und Präzision, Tradition und Toleranz und die ganz besondere Ausprägung des besonderen Wieners.

An der Strudlhofstiege wurde gelebt, noch ehe Heimito von Doderer sie beschrieb. Elias Canetti, dem mit der „Blendung" schon 1926 ein Spiegel der Zeit gelungen war, kam zurück aus der Emigration und war eine Institution, das „Gewissen der Worte".

Wien war nach 1938 ausgedörrt, doch als alles vorbei war, zeigte sich, wie viel des alten Gehabes im Versteck ausgeharrt hatte. Gerade in der Literatur zeigte sich die besondere Mischung des Nicht-mehr und Noch-nicht, der lustvollen Zerrissenheit und quälerischen Selbstbetrachtung, des immer wiederkehrenden letzten Walzers. „Décadence", das war ein Lebensgefühl, war künstlerischer Ausdruck und Stil zugleich. Hugo von Hofmannsthals „Der Schwierige" oder „Andreas" lebt von dieser Mentalität, aus dem Verlust an Energie, an Sicherheit sich zu orientieren, dem Sich-nicht-Festlegen.

Wie läßt sich Fuß fassen in dieser Stadt, die ihrer Avantgarde den Garaus gemacht hatte und sich nun auf sie besann? Franz Kafka, Schnitzler, Hofmannsthal und Broch – auf einmal waren sie wieder da, begrüßt mit der Wehmut verlassener Kinder.

Ingeborg Bachmann wählte zunächst den Weg des scheinbar Verläßlichen; Philosophie-Studium mit dem Ziel „Doktorat", Nebenfach Germanistik. Das Thema der Dissertation: „Die kritische Aufnahme der Existentialphilosophie Martin Heideggers".

Es geht nur indirekt um Heidegger und seine Bestimmung von Metaphysik, Bedeutungslehre vom „Wesen des Grundes" oder von „Sein und Zeit", wie das 1927 erschienene Buch des Philosophen nahe legen würde. Der Seins-Charakter des „Daseins" ist in „Sorge" um das eigene „Sein-Können", heißt es da. Die Spannung zwischen Lebenswelt und Zeitlichkeit des Seins ist ein „Sein zum Tode".

Das zerging uns auf der Zunge.

Doch Ingeborg Bachmann war vorsichtig. Sie analysierte die Kritik anderer Philosophen wie I. M. Bochenski oder Rudolf Carnap, die sie beide für die „schärfere Antwort" durch logische Analyse auf die „Scheinsätze" der Heideggerschen Metaphysik hielt. Sechs Arten von Philosophie werden durchleuchtet, die der Materie, der Idee, des Lebens, des Wesens und die Philosophie des Seins: „Deutsche Ontologen und Metaphysiker" und „Neuthomismus".

Es ist zu vermuten, daß der für die intellektuelle Orientierung so wichtige Unterschied zwischen deutscher Existentialphilosophie und französischem Existentialismus à la Sartre und Camus die Doktorandin von 1949 nicht irritiert hat.

Manche Begriffe Heideggers ärgerten sie. Sie wollte nicht an die Stelle des Verstandes „Erleben" oder eine „Stimmung" (die „Angst") gesetzt wissen, um Zugang zur Wirklichkeit zu bekommen; auch mißhagte ihr Heideggers Forderung, die Wissenschaft solle das „Nichts" ernstnehmen. Sie schrieb: „Da wissenschaftliche Wahrheiten, die allein allgemeingültig sind, sich in der Existentialphilosophie nicht finden, muß gefragt werden, was denn eigentlich den Gehalt dieser Philosophie ausmache." Und weiter: „Besteht aber heute, angesichts einer so strengen Fassung des Begriffs wissenschaftlicher Philosophie, wie er vom logischen Positivismus, einigen Neukantianern und etwa Max Weber gefaßt wurde, die Berechtigung einer „zweiten Wissenschaft", die die unaussprechbaren, unfixierbaren Unmittelbarkeiten des emotional-aktualen Bereichs des Menschen zu erfassen suchen darf, wie Heidegger dies tut?"

Das Ergebnis wird immer eine gefährliche Halbrationalisierung sein, von der Ludwig Wittgenstein schon 1921 sagte: „Wovon man nicht sprechen kann, darüber muß man schweigen."

Sätze Heideggers wie der folgende finden gegen Ende der Dissertation ihre Zustimmung nicht mehr: Heidegger fragt, nachdem er über das „Nichts" sprach, „in das das Dasein hineingehalten" sei, „ob das Nichts, das die Angst bestimme, sich bei einer leeren Verneinung alles Seienden erschöpfte oder ob es sich von allem Seienden unterscheide.

Einige Heidegger-Interpreten sehen darin eine Aussage über Gott, der mittelalterlichen Theologie des Meister Eckart entsprechend, in der Gott das Nichts war. Ingeborg Bachmann stellt die Aussage schlicht in Frage.

Dagegen wirkte der „Tractatus logico-philosophicus" Ludwig Wittgensteins zunächst befreiend auf ihre bisherige Gedankenbefangenheit. Jetzt konnte sie schreiben:

„Die Grunderlebnisse, um die es in der Existentialphilosophie geht, sind tatsächlich irgendwie im Menschen lebendig und drängen nach Aussage. Sie sind aber nicht rationalisierbar, und Versuche hierzu werden immer zum Scheitern verurteilt sein. Heidegger sagt zwar, daß ‚dieses Philosophieren' das er im Auge hat, geschehe, sofern der Mensch existiert; aber ihm gerinnt es zu Vergegenständlichungen und zu Gedankengebilden, die obwohl er es nicht wahrhaben will, mit dem Verstand verstanden werden müssen, um aus seinem Werk heraus, in dem er es zu vollziehen glaubt, zum Leser zu finden. Zum Vollzug aber kommt man beim Sprechen über Existenz nicht, sondern es bleibt beim Sprechen darüber, beim ‚Gerede' über feinfühlig bemerkte aesthetische Tatbestände, wie zum Beispiel über das ‚Gerede' selbst."

Und zum Schluß spricht Ingeborg Bachmann der Existentialphilosophie Heideggers die Fähigkeit ab, den Bereich des Irrationalen überhaupt zu verstehen.

Aller Ausdruck entzieht sich demnach dieser Disziplin. „Wer dem ‚nichtenden Nichts' begegnen will, wird erschüttert aus Goyas Bild ‚Kronos verschlingt seine

Kinder' die Gewalt des Grauens und der mythischen Vernichtung erfahren und als sprachliches Zeugnis äußerster Darstellungsmöglichkeiten des ,Unsagbaren' Baudelaires Sonett ,Le gouffre' (Abgrund und Höhle) empfinden können, in dem sich die Auseinandersetzung des modernen Menschen mit der ,Angst' und dem ,Nichts' verrät."

Während Ingeborg Bachmann an ihrer Dissertation arbeitete, korrespondierte die zwanzig Jahre ältere in New York lebende Hannah Arendt mit ihrem alten Lehrer Karl Jaspers über das, was in den Jahren des Exils mit ihr geschehen war. Sie schrieb an einem Buch über Totalitarismus und betonte die Verantwortung jedes einzelnen für das, was „öffentliches Leben" heißt. Ihren Kritikern, die sagten, das sei utopisch oder idealistisch, antwortete sie mit ihren politischen Erfahrungen, zu denen auch die Studienjahre in Freiburg gehörten und die Freundschaft mit ihrem Lehrer Martin Heidegger. Dessen Philosophie leuchtete ihr zunächst ein. Aber dann erfuhr sie schmerzlich die Diskrepanz zwischen Distanz und Nähe, und sie suchte eine Antwort auf die Frage, ob Philosophie sich mit Politik einlassen dürfe, wie die Philosophie Heideggers es gerade zu jener Zeit, 1931 ff., tat.

„In seiner Philosophie wurde nicht über Plato gesprochen und seine Ideenlehre dargestellt ..., sondern ein Dialog durch ein ganzes Semester Schritt für Schritt verfolgt und angefragt, bis es keine tausendjährige Lehre mehr gab, sondern nur eine höchst gegenwärtige Problematik".

Die höchst gegenwärtige Problematik sah Hannah Arendt darin, daß Heidegger, „das Faszinosum", seine eigene Wahrheit aus traditionellen Ideen begründete, statt gegenwärtiges Denken zu prüfen und die Wurzeln aufzudecken.

Martin Heidegger, der Philosoph des „Ich", der Mensch in diesem furchtbaren Widerspruch, den schon Marcel Proust, „Die Suche nach der verlorenen Zeit", im Zusammenhang mit der Dreyfus-Affaire beschrieben hatte als „Zerrissenheit der Seele" – Solidarität mit den Juden und zugleich Verrat an dem unschuldig zum Tode verurteilten jüdischen Hauptmann –, der Mann Heidegger, der die junge jüdische Studentin geliebt hatte und an die verbrecherische Ideologie der Nationalsozialisten verriet, – er blieb ihr immer ein Rätsel, ein Trauma. Sie sah in seinem Verhalten, was sie dann in ihrem Buch „Elemente und Ursprünge totaler Herrschaft" theoretisch ausbreitete: Magie und Macht, bis zur Macht der Zerstörung auf der einen Seite, Verlust der Entscheidungsfähigkeit, Ohnmacht, Verzweiflung auf der anderen.

„Die Grunderfahrung menschlichen Zusammenseins, die in totalitärer Herrschaft politisch realisiert wird, ist die Erfahrung der Verlassenheit."

Das gilt auch für das private Leben. Die allenthalben zunehmende Verlassenheit, aus der 1945 im „Frieden" nicht einfach aufzuwachen war, blieb für die Kinder, die Überlebenden, die Kriegsteilnehmer, die Opfer des Naziterrors, die aus dem Exil Zurückkehrenden wie die dort Bleibenden, sie blieb uns allen wie ein Stein auf der Seele, mal leichter, mal schwerer spürbar, doch kaum zu heben.

Hannah Arendt argumentierte politisch: „Es ist, als breche alles, was Menschen miteinander verbindet, in der Krise zusammen, so daß jeder von jedem verlassen und auf nichts Verlaß ist. Das eiserne Band des Terrors, mit dem der totalitäre Herrschaftsapparat die von ihm organisierten Massen in eine entfesselte Bewegung reißt, erscheint so als ein letzter Halt, und die ‚eiskalte Logik', mit der totalitäre Gewalthaber ihre Anhänger auf das Ärgste vorbereiten, als das einzige, worauf noch Verlaß ist."

Doch Philosophieren, das wußte sie, umfaßt den ganzen Menschen, auch seinen Schmerz.

Viel distanzierter urteilte eine andere Studentin der 30er Jahre über ihren Lehrer Martin Heidegger: Jeanne Hersch, Autorin eines Buches, „Das philosophische Staunen".

Zuerst studierte sie bei Karl Jaspers in Heidelberg, dann in Freiburg. Dort verstand sie, „wie ein totalitäres Regime sich durchsetzt, und daß das nichts, aber auch gar nichts mit einer intellektuellen Entwicklung zu tun hat".

Der Philosoph Martin Heidegger, dessen Vorlesungen und Seminare sie besuchte, irritierte sie, sie verstand ihn nicht. Aber sie ahnte, daß sich da so etwas wie Ideologie im Alltag ereignete: „Die Ideologien sind, ich würde fast sagen, physisch zerstäubt, in einer Art Atmosphäre, die man von morgens bis abends einatmete und die einen buchstäblich mit jedem Atemzug vergiftete." Das Wirken Heideggers in dieser Atmosphäre war ihr unbegreiflich. „Ich sah mir diesen Mann an, der ein großer Philosoph war, ein tiefgründiger, strenger Denker, er stand da vor mir, mit seinen fiebrig geröteten Augen, und hielt manchmal ganz unwahrscheinliche Reden."

Reden inmitten der Inszenierungen einer imaginären Großgemeinschaft, die sich an antisemitischen Hetzliedern delektierte – die junge Studentin aus Genf, polnisch-jüdischer Herkunft, schaute fassungslos zu:

„Die Macht der sozialen Masse hatte ich mir nie vorgestellt. Ich bedauere nicht, sie erlebt zu haben. Sie gehört zu den Faktoren der Geschichte, die man nicht versteht oder von denen man aus Stolz nicht zugeben will, wie stark sie sind, oder daß man selbst von ihnen betroffen sein kann."

Heideggers Philosophie schien ihr Ansätze zu enthalten, die sich für „allerlei Kompromisse" eigneten. Jeanne Hersch fand Pathetisches darin, Magisches, das zur Verantwortungslosigkeit verführe. Rückblickend sagt sie: „Die Gedanken, die Heidegger entwickelte, wurden nicht unserem freien Urteil vorgeschlagen, wie es der liberalen Einstellung eines Philosophen geziemt. Heidegger drängte sie uns auf. Seine Philosophie enthält etwas wie Beschwörungsformeln, die die Erdgeister aufsteigen lassen und die von einem verlangen, sich ihnen zu unterwerfen." ...

Wie eine Marinade habe die Nazi-Atmosphäre einen damals umgeben. Jeanne Hersch beobachtete, suchte nach Antworten, sprach mit Uniformierten und solchen, die keine Nazis waren. Sie habe in allen Töpfen gerührt; Menschen interessierten sie, nicht Theorien. Ihr Fazit: „Von der ersten Stunde an hatte es Aktivitäten gegen das Regime gegeben. Von der ersten Stunde an konnten sich die, die wissen wollten, was geschah, darüber informieren. Wenn manche Deutsche behaupten, daß sie auch nach zehn Jahren nicht gewußt hätten, was da vor sich ging, dann, weil sie es nicht wissen wollten."

Wenn selbst das authentische Denken zum bloßen Vorurteil wird, sobald es darangeht, die Ergebnisse eines Denkprozesses für „objektive" Erkenntnisse über die

Welt der Erscheinungen zu halten, dann, meint wiederum Hannah Arendt, sei eine solche Philosophie – nach Plato – nur „der schweigende Dialog der Seele mit sich selbst".

Oder war Macht – auch in der Liebe – das, was bei den Griechen der Wettstreit der Worte war, das „leidenschaftliche Sich-am-anderen-Messen"?

Welch merkwürdige Verbindung im Wien der musikalischen Avantgarde, der neuen Literatur, der Psychoanalyse Sigmund Freuds, in dieser Denkmalstadt, dem großen historischen Welttheater mit der Ungargasse und den Donauauen und dem Riesenrad im Prater. Hier gab es ein Studentenzimmer, das voll war von der Sprache Martin Heideggers aus „Sein und Zeit"; irrlichternd seine schnellen Etymologien und der Mythos des „historischen Schicksals", nicht wegscheuchbar das „Nichts", die Angst vor diesem Nichts und der Gedanke an den Tod in unaufhebbarer Einsamkeit.

Die Realität dieser Wiener Studierstube Ingeborg Bachmanns war der tägliche Kampf mit Worten auf dem Papier. Was war Heidegger anderes entgegenzusetzen als Rebellion, als Mut und ein Sein, das dem „Nichts" keine Chance ließ, Sartres „Wenn einmal die Freiheit in einer Menschenseele aufgebrochen ist, können die Götter nichts mehr gegen diese Menschen"?

Wo war das *Leben* der jungen Frau, wer waren ihre Freunde, wenn schon Felician, der Adressat ihrer Briefe, nicht greifbar wird und niemand an der Universität?

In Freiburg gerät derweil der Mann Heidegger auf „Holzwege". Wien ist weit weg.

Für Ingeborg Bachmann wird die Beschäftigung mit Heidegger ein Weg von Kärnten weg nach Wien und auf Sprache zu.

V

„Aufruf zum Mißtrauen! … Beruhigen Sie sich, armer, bleicher Bürger des XX. Jahrhunderts. Weinen Sie nicht! Sie sollen ja nur geimpft werden. Sie sollen ein Serum bekommen, damit Sie das nächste Mal umso widerstandsfähiger sind! Sie sollen im kleinsten Maß die Krankheit an sich erfahren, damit sie sich im größten nicht wiederhole. Verstehen Sie richtig. An sich sollen Sie die Krankheit erfahren! Sie sollen nicht ihrem Bruder mißtrauen, nicht Amerika, nicht Rußland und nicht Gott. Sich selbst müssen Sie mißtrauen! Ja? Haben Sie richtig verstanden? Uns selbst müssen wir mißtrauen. Der Klarheit unserer Absichten, der Tiefe unserer Gedanken, der Güte unserer Taten. Unserer eigenen Wahrhaftigkeit müssen wir mißtrauen! Schwingt nicht schon wieder Lüge darin? …"

Ilse Aichinger 1946. Ein Ruf aus Wien von einer Schriftstellerin, die noch im Krieg, in bedrohten Verhältnissen, am Küchentisch sitzend, einen Roman geschrieben hatte, „Die größere Hoffnung", ein Buch gegen die Angst, Ausweg aus dem Stillstand, der Todesnot. Sie selbst war in Gefahr, ein Mischling, wie Ellen, die Hauptfigur des Romans.

Ihre Hoffnung war der Tag, das Jetzt, Hoffnung auf die größere Hoffnung als zu der Zeit, da ihre Großmutter ins KZ abtransportiert wurde; „Die Vögel beginnen ja auch zu singen, wenn es noch finster ist."

Ein neues Leben gegen das vergangene. Sie wollte leben und nicht vergessen.

Ingeborg Bachmann traf Ilse Aichinger 1946. Sie hatte selbst schon einige Gedichte veröffentlicht, so in der Zeitschrift „Lynkeus."

Es könnte viel bedeuten

„Es könnte viel bedeuten: wir vergehen,
wir kommen ungefragt und müssen
weichen.
Doch daß wir sprechen und uns nicht
verstehen
und keinen Augenblick des andern Hand
erreichen,
zerschlägt so viel: wir werden nicht bestehen.
Schon den Versuch bedrohen fremde Zeichen,
und das Verlangen, tief uns anzusehen,
durchtrennt ein Kreuz, uns einsam
einzustreichen."

Ein frühes Gedicht, 1942 oder 43, endet so:

„Darum bin ich stets nur eines
Ich bin immer ich
Steige ich, so steig ich hoch
Falle ich, so fall ich ganz.

Es beginnt mit dem aufbegehrenden „Sklaverei ertrag ich nicht" und ist oft als bewußte Selbstverteidigung, als Widerstand, als Zeichen unbeugsamer Kraft gedeutet worden. Ich sehe darin Verse einer begabten Sechzehnjährigen, mitten im Krieg, umgeben von Heldenehrungen, Bezeugungen von Stärke, Tapferkeit, Unbezwingbarkeit. Männer kämpften „bis zur letzten Kraft", und Männer besangen sich. Dieses „Ich bin immer ich" habe ich im Ohr von einem Dichter namens Brake, ich war zehn Jahre alt, und mir gefiel das. Warum sollte es nicht für Frauen gelten?

Zwei Jahre später, 1944, spricht das lyrische Ich schon eine eigene Sprache, im Gedicht und auch in der Prosa. „Das Honditschkreuz", noch im Krieg begonnen, ist ein Freiheitsroman im alten Sinn. Zugleich entstehen kräftige Bilder, Szenen in der Landschaft des Gailtales, Mate Banul, „der Slowene", Hausierer aus Villach, neben Figuren von vitaler Energie in realistischen Konstellationen: Starke Männer mit starkem Willen und zupackenden Händen und ergebene, ihre Rolle als „dem Manne untertan" wie seit Jahrtausenden annehmende Frauen. Höchstens im Wort „vielleicht" ist Widerstand zu hören. Ihr Selbstbewußtsein hielt noch nicht Schritt mit dem Anspruch, den sie an sich stellte.

In Wien wird Ingeborg Bachmann ernst genommen. Jung, doch erwachsen, so nehmen sie Hans Weigel und Ilse Aichinger. Sie selbst habe unter keinem Verlust so sehr gelitten wie unter dem Verlust der Kindheit, sagte die Aichinger.

Es ist endgültig vorbei mit der Spielerei, eine „tolle" Sprache zu erfinden. Wie war das: „sie kauderwelschen und spintisieren sich in eine unbestimmbare Blässe, und wenn sie nicht mehr weiterwissen, erfinden sie eine Sprache, die sie toll macht. Mein Fisch. Meine Angel. Mein Fuchs. Meine Falle. Mein Feuer. Du mein Wasser. Du meine Welle. Mein Oder. Mein Alles. Du meine Erdung. Du mein Wenn. Und du mein Aber. Entweder. Oder. Mein Alles ... Sie stoßen aneinander, gehen mit

Fäusten aufeinander los und balgen sich um ein Gegenwort, das es nicht gibt."

Es ist nichts. Diese Kinder! Oder sollten sie es sich nicht bewahren, diese Phantasie des Benennens, statt sprachlos zu werden in der Erwachsenenwelt? Ilse Aichinger, eine „Meisterin der Wortwörtlichkeit", wie Heinz T. Schafroth sie nannte, die zwischen schlechten Wörtern und guten Wörtern unterschied, versicherte der sieben Jahre Jüngeren, daß irgendwann der Abschied endet, man müsse ihm nur auf die Spur kommen.

Hans Weigel, Feuilletonist und unermüdlicher Förderer literarischer Talente, nahm Ingeborg Bachmann auf in seinen Zirkel. Man traf sich im Café Raimund beim Volkstheater, sprach über Hermann Broch, Gerhard Fritsch, Hans Lebert, über ein Buch wie „Der SS-Staat" von Eugen Kogon, erschienen 1947, über Kafka, Camus und Sartre, und über das Schreiben an sich.

„Vielleicht schreibe ich deshalb, weil ich keine Möglichkeit zu schweigen sehe", hatte Ilse Aichinger gesagt, besiegt und dadurch unbesiegbar. Das Wien der Ilse Aichinger war skurril, voller Absurditäten. Die „Kinder mit den falschen Großeltern" in ihrem Roman lernen, was Demütigung ist: „Man überlebt nicht alles, was man überlebt."

Ingeborg Bachmann sog das alles auf: auch sie schrieb. Gedruckt wurden Erzählungen. „Die Fähre" in der Kärntner Illustrierten, Gedichte in der Zeitschrift „Lynkeus" von Hermann Hakel, dem sie sogleich zu verstehen gab, daß sie selbst es ist, die über Druck oder Nichtdruck von Texten entscheidet, nachdem er ein Gedicht ohne ihre Erlaubnis im „Lynkeus" herausbrachte. Hakel hielt die Dichterin für grantig, „in ihre Intelligenz verliebt". Er hat sich spürbar über „diese zweiundzwanzigjährige Lehrerstochter" geärgert, die gespalten sei und einmal nur in ihrer Wortwelt, einmal nur in der Realwelt lebe. Doch er veröffentlichte weiterhin Bachmanntexte, auch dieses Gedicht:

„Abends frag ich meine Mutter
heimlich nach dem Glockenläuten,
wie ich mir die Tage deuten
und die Nacht bereiten soll.

Tief im Grund verlang ich immer
alles restlos zu erzählen,
in Akkorden auszuwählen,
was an Klängen mich umspielt.

Leise lauschen wir zusammen:
meine Mutter träumt mich wieder,
und sie trifft wie alte Lieder,
meines Wesens Dur und Moll."

Die Musikalität der Kindheit setzt sich fort. Ingeborg Bachmann hat jahrelang komponiert, ihr Gedicht klingt wie gesprochene Musik. Der Zusammenhang von Musik und Sprache, den in eben diesen Endvierziger Jahren Thrasybulos Georgiades in einem kleinen Buch am gregorianischen Choral, an Johann Sebastian Bach und an Franz Schubert deutlich machte, hier wird er wirksam. Die Musikalität der Dichtung Ingeborg Bachmanns war das Auffallendste in der geradezu berauschend nüchternen, schreckensstarren Verhaltenheit des „Kahlschlages" der deutschen Nachkriegsliteratur.

Sie wählte Psychologie als zweites Nebenfach und machte im Herbst 1947 ein Praktikum in der Nervenheilanstalt „Am Steinhof" in Wien. Peter Beicken teilt in seiner akribischen Biographie mit, in der Handbibliothek der Studentin hätten sich danach folgende Werke befunden: S. Ferenczi, „Versuch einer Genitaltheorie"; Otto Rank, „Sexualität und Schuldgefühl"; R. von Krafft-Ebing, „Verirrungen des Geschlechtslebens"; Otto Weininger, „Geschlecht und Charakter" und Max Prinz zu Löwensteins, „Traumweisheit und Traumdeutung".

Es ist gewiß nicht nur die Kinderfrage nach Erotik und Sexualität: „Sie zerbrechen sich den Kopf über ihren Körper und einen nächtlichen Streit im Elternzimmer." Es geht ja auch in der Heidegger-Analyse um Beziehungen, nur hat Ingeborg Bachmann darin Erotik und Sexualität und die differenzierten Beziehungen zwischen Mann und Frau im sozialen Umfeld ausgespart.

VI

Wien, ihre Stadt ohne Gewähr, eine „Endstadt", die „Scheiterhaufenstadt", wo ihre „Ängste aus so vielen Jahren ins Netz gingen", wuchs ihr zu, die Stadt Sigmund Freuds, Figuren wie „Der Schwierige" von Hugo von Hofmannsthal, Musils „Mann ohne Eigenschaften", Joseph Roths „Trotta", der fremde „Felician" – ja, auch er, dessen Antworten auf die Briefe seiner Geliebten unbefriedigend waren, Worte, gewalttätige Gesten, eingeübte Pose des starken Geschlechts.

Was war zu lernen in diesem Wien? Was lag denn in der Luft? „Der Lyriker kann gar nicht genug wissen, er kann gar nicht genug arbeiten, er muß in allem nahe dran sein, er muß sich orientieren, wo die Welt heute hält, welche Stunde an diesem Mittag über der Erde steht." So Gottfried Benn über „das Gedicht", das aus all dem komme in einer dieser „zerrissenen Stunden".

Die Haltung des Sich-nicht-Festhaltens, des Ja-Nein in unendlicher Wiederholung, war das zu ertragen?

Philosophie und Dichtung waren schon immer Geschwister, und die Frage, ob Wissenschaft zur Muse oder Muse zur Wissenschaft wird, womöglich beide verschmelzen zu etwas ganz anderem, hat sich im Laufe von Jahrhunderten oft wieder gestellt. Wien war leichtlebig, verglichen mit Deutschland.

Über „die philosophischen Systeme der Deutschen seit Cartesius und Spinoza" hatte um 1850 Georg Büchner nachgedacht, der ebenfalls – als Pflichtfach für den Philosophiestudenten – Psychologie betrieb und „Die Lehre von der individuellen Subjektivität" von Sokrates über Descartes bis Herbart in sich aufnahm, offenbar mit einigem Mißbehagen: „Ich werfe mich mit aller Gewalt in die Philosophie, die Kunstsprache ist abscheulich, ich meine für menschliche Dinge müsse man auch menschliche Ausdrücke finden; doch das stört mich nicht ..."

Ingeborg Bachmann kannte Georg Büchners Geschichte, dieses „Proletariers der geistigen Arbeit", des Aufständigen der Mitte des 19. Jahrhunderts, verfolgt wegen seiner Freiheitsideen in „Dantons Tod", ein Flüchtling, den die „unselige Verdrehtheit und Zerrissenheit der socialen Zustände peinigten."

Büchner dozierte Philosophie, um seinen Unterhalt zu verdienen und schrieb, weil Schreiben ihm Notwendigkeit war. Seine „literarisch-produktive Tätigkeit" war enorm; sie trieb ihn, wie er selber sagte, in den „subtilen Selbstmord" durch Arbeit.

War Georg Büchner ein Thema im Wien jener Jahre, als das geistige Leben wiedererwachte, als der Sender Rot-Weiß-Rot literarische Beiträge ausstrahlte?

Ingeborg Bachmann arbeitete dort, nachdem sie die Hoffnung wohl aufgegeben hatte, „an der Universität zu bleiben", wie der mühselige Steilgang des Assistenten zu Hungerlohn über das opus magnum einer großen Habilitationsschrift und die quälende Berufungsprozedur zum möglichst ordentlichen Professor damals genannt wurde. An der Universität bleiben, man darf es wohl ungestraft sagen, nicht immer die Besten. Ingeborg Bachmann blieb jedenfalls nicht.

Aber was dann? Mit Doktorat ohne Staatsexamen, d. h. ohne nachgewiesene Befähigung zum Unterrichten an Höheren Lehranstalten, was ja, wie die Fächerwahl nahelegt, nie intendiert war, was konnte man da tun?

„Journalismus"? Das war ein Schimpfwort von Professoren gegen solche, die den Wissenschaften den Rücken kehrten. „Skript-Girl" – eine Nachkriegsneuerung im Rundfunk nach amerikanischem Muster – das Schreiben von Manuskripten. Bald wurde daraus eine regelrechte Redakteurstätigkeit mit eigenem Schreibtisch und Telefon und dem Austausch mit Autoren, die Hörspiele, Essays und Gedichte schickten. Ingeborg Bachmann geriet an eines der einflußreichsten Kulturinstumente der Nachkriegsjahre, das Radio.

Hans Werner Richter, der Begründer der schon berühmten „Gruppe 47", selber Lyriker und Erzähler, kam zum Sender Rot-Weiß-Rot. Er saß in Ingeborg Bachmanns Büro und wartete auf den Interviewer Hans Weigel. Eine neue Welt tat sich auf. Denn die Gruppe 47 war zum wichtigsten Forum neuer Literatur in Deutschland geworden, und Hans Werner Richter versuchte, deutschsprachige Autoren von weither einzuladen, damit sie ihre Texte lesen und mit der Gruppe diskutieren.

Es war zugleich für Ingeborg Bachmann die alte Welt. Denn noch waren Ludwig Wittgensteins Sätze vom „Sagbaren" und „Unsagbaren" nicht verarbeitet. Und der kritische Rest, den jede Dissertation ihrem Verfasser, wenn er nicht aufpaßt, lebenslänglich anheftet, fing gerade erst an, sich auszubreiten. Über ihre Heidegger-Arbeit sagte Ingeborg Bachmann später einmal, sie hätte damals gemeint, diesen Mann werde sie „stürzen".

Daß ihr das nicht gelingen konnte, hat sie wahrscheinlich schon nach der Begegnung mit Paul Celan erkannt.

Er war sechs Jahre älter als sie und kam 1947 aus dem sowjetisch besetzten Rumänien nach Wien. Er war der

Sohn deutsch-jüdischer Eltern namens Ancel (Antschel), Celan ist das Anagramm. Mit 18 Jahren ging er zum Medizinstudium nach Frankreich, kehrte bei Ausbruch des Krieges zurück nach Czernowitz, wo er Romanistik studierte. Als er in Wien eintraf, hatte er Gedichte geschrieben, Tschechow und Lermontow aus dem Russischen übersetzt. Aber er hatte auch zwei Jahre Arbeitslager hinter sich, beide Eltern waren ermordet worden, die Mutter durch Genickschuß.

Nach kurzem Aufenthalt in der Sowjetunion lebte er als Lektor für Russische Literatur in Bukarest. Die Emigration nach Wien war unumgänglich. Er sprach wieder Deutsch, so wie seine Gedichte auf Deutsch geschrieben waren, doch Wien konnte ihn nicht heilen von den Bildern des Erlittenen, des wirklich „Unsagbaren", das Menschen Menschen antun.

Wie verhält sich dieses beschädigte Ich der Welt gegenüber, wie kann die Sprache sein? Paul Celan hatte bei Heidegger gelesen, daß das geforderte „In der Welt-Sein" mit dem Zusatz: Das *eigentlich* In der Welt-Sein absolut einsam macht. Denn, weil es „jedes Mitsein mit Anderen versagt, wenn es um das eigenste Sein-können" geht, scheint die Anwesenheit des Anderen in der dialogischen Beziehung nicht notwendig, ja gerade die Ferne des Anderen, die Fremdheit, das „Befremden", die Distanz macht das „Dasein" zum „Mitsein". Das Ich und das Du korrespondieren über das Medium des Gedichts.

Dies leuchtet uns, die wir die Geschichte fast 50 Jahre später zu verstehen suchen, zunächst ein, auch die Idee, daß der Tod in dieser Beziehung kein Ende bedeutet, sondern „eigenste Möglichkeit des Seins", vom Ich aus gesehen.

Für den liebenden Menschen in einer solchen Beziehung – und man kann wohl, trotz spärlicher Zeichen, von Liebe zwischen Ingeborg Bachmann und Paul Celan sprechen – muß die dem „Ich" notwendige Abkapselung schwer erträglich sein.

Jedenfalls wirkte Celan inspirierend auf sie. Ingeborg Bachmann schrieb ihr großes Gedicht:

Große Landschaft bei Wien

„Geister der Ebene, Geister des wachsenden
Stroms,
zu unsrem Ende gerufen, haltet nicht vor der
Stadt!
Nehmt auch mit euch, was vom Wein überhing
auf brüchigen Rändern, und führt an ein Rinnsal,
wen nach Ausweg verlangt, und öffnet die
Steppen!

Drüben verkümmert das nackte Gelenk eines
Baums,
ein Schwungrad springt ein, aus dem Feld
schlagen
die Bohrtürme den Frühling, Statuenwäldern
weicht
der verworfene Torso des Grüns, und es wacht
die Iris des Öls über den Brunnen im Land.

Was liegt daran? Wir spielen die Tänze nicht
mehr.
Nach langer Pause: Dissonanzen gelichtet, wenig
cantabile

(Und ihren Atem spür ich nicht mehr auf den
Wangen!)
Still stehn die Räder. Durch Staub und
Wolkenspreu
schleift den Mantel, der unsre Liebe deckte, das
Riesenrad.

Nirgends gewährt man, wie hier, vor den ersten
Küssen
die letzten. Es gilt, mit dem Nachklang im Mund
weiterzugehn und zu schweigen. Wo der Kranich
im Schilf der flachen Gewässer seinen Bogen
vollendet,
tönender als die Welle, schlägt ihm die Stunde im
Rohr.

Asiens Atem ist jenseits.

Rhythmischer Aufgang von Saaten, Reife der
Kulturen
Ernten vorm Untergang, sind sie verbrieft, so
weiß ich's
dem Wind noch zu sagen. Hinter der Böschung
trübt weicheres Wasser das Aug,
und es will mich noch anfallen trunkenes
Limesgefühl;

unter den Pappeln am Römerstein grab ich
nach dem Schauplatz vielvölkriger Trauer,
nach dem Lächeln Ja und dem Lächeln Nein.

Alles Leben ist abgewandert in Baukästen,
neue Not mildert man sanitär, in den Alleen

blüht die Kastanie duftlos, Kerzenrauch
kostet die Luft nicht wieder, über der Brüstung
im Park weht so einsam das Haar, im Wasser
sinken die Bälle, vorbei an der Kinderhand
bis auf den Grund, und es begegnet
das tote Auge dem blauen, das es einst war.

Wunder des Unglaubens sind ohne Zahl.
Besteht ein Herz darauf, ein Herz zu sein?
Träum, daß du rein bist, heb die Hand zum
Schwur,
träum dein Geschlecht, das dich besiegt, träum
und wehr dennoch mystischer Abkehr im Protest.
Mit einer andern Hand gelingen Zahlen
und Analysen, die dich entzaubern.
Was dich trennt, bist du. Verström,
komm wissend wieder, in neuer Abschiedsgestalt.

Dem Orkan voraus fliegt die Sonne nach Westen,
zweitausend Jahre sind um, und uns wird nichts
bleiben.
Es hebt der Wind Barockgirlanden auf,
es fällt von den Stiegen das Puttengesicht,
es stürzen Basteien in dämmernde Höfe,
von den Kommoden die Masken und Kränze ...

Nur auf dem Platz im Mittagslicht, mit der Kette
am Säulenfuß und dem vergänglichsten
Augenblick geneigt und der Schönheit verfallen,
sag ich mich los
von der Zeit, ein Geist unter Geistern, die
kommen.

Maria am Gestade –
das Schiff ist leer, der Stein ist blind,
gerettet ist keiner, getroffen sind viele,
das Öl will nicht brennen, wir haben
alle davon getrunken – wo bleibt
dein ewiges Licht?

So sind auch die Fische tot und treiben
den schwarzen Meeren zu, die uns erwarten.
Wir aber mündeten längst, vom Sog
anderer Ströme ergriffen, wo die Welt
ausblieb und wenig Heiterkeit war.
Die Türme der Ebene rühmen uns nach,
daß wir willenlos kamen und auf den Stufen
der Schwermut fielen und tiefer fielen,
mit dem scharfen Gehör für den Fall."

„Wo bleibt dein ewiges Licht?" Die katholische Assoziation ist nicht mächtig genug für das Entschwundene, das vielleicht „Unsagbare", das mit Paul Celan zu tun hat.

Um diese Zeit notierte Elias Canetti: „Unergründlich, was aus Autoren in anderen Autoren wird. Es geht nicht nur um Wiederholungen, um pflanzenhaften Schmuck, um Arabesken zu Arabesken, um geliehene Leidenschaft – es geht vor allem um Mißverständnisse, so unauflösbarliche, daß sie fruchtbar werden. So kommt es zu ganz absonderlichen und rätselhaften Gebilden, zu Autoren, die *größer sind als ihre Vorbilder.*"

In eben dem Jahr 1948 schrieb Paul Celan „Die Todesfuge", ein Bekenntnis seiner Angst und Verlorenheit. Ich nehme an, daß dieses Gedicht Ingeborg Bachmann „unausweichlich" berührt hat, und ihr eigener Existentialismus wird ihr gesagt haben, daß dieses „Unausweichliche“ bedeutet: Abschied ohne Abschied.

Celan indes versuchte, wie er später sagte, Wege zu finden, „auf denen die Sprache stimmhaft wird, Wege der Stimme zu einem wahrnehmenden Du, kreatürliche Wege, Daseinsentwürfe vielleicht, ein Sichvorausschikken zu sich selbst auf der Suche nach sich selbst.“

Mit Ludwig Wittgenstein glaubte Paul Celan an die Kraft des Schweigens. Das Gedicht bewegt sich „am Rande des Sagbaren“, verbindet Bilder und Empfindungen, um „Wirklichkeit zu erkunden“. Expressionismus und Surrealismus wurden ihm nachgesagt; und er war wie die von ihm so sehr beeindruckte Ingeborg Bachmann offen für Formen und Inhalte, die schon vorlagen.

Dieses große Gedicht, „Die Todesfuge“, in dem der Sehende sich im Tod selbst aus der Welt nimmt, wenigstens selbstgewiß und selbstbestimmt, beginnt mit der Klage:

> „Schwarze Milch der Frühe wir trinken sie abends
> wir trinken sie mittags und morgens
> wir trinken sie nachts
> wir trinken und trinken
> wir schaufeln ein Grab in den Lüften da liegt
> man nicht eng.
> Ein Mann wohnt im Haus der spielt mit den
> Schlangen der schreibt
> der schreibt wenn es dunkelt nach Deutschland
> dein goldenes Haar Margarete
> er schreibt es und tritt vor das Haus und es
> blitzen die Sterne er pfeift seine Rüden herbei
> er pfeift seine Juden hervor läßt schaufeln
> ein Grab in der Erde
> er befiehlt uns spielt auf nun zum Tanz …“

Und das Atmen wird schwer, das Bild verdichtet sich mit jeder Wiederholung.

„Ein Mann wohnt im Haus dein goldenes Haar
  Margarete
dein aschenes Haar Sulamith er spielt
  mit den Schlangen
Er ruft spielt süßer den Tod der Tod ist ein
  Meister aus Deutschland
er ruft streicht dunkler die Geigen dann steigt
  ihr als Rauch in die Luft
dann habt ihr ein Grab in den Wolken da liegt
  man nicht eng ..."

Für den Zuhörer oder den, der das Gedicht liest, ist es der bewegendste Ausdruck der Qual; es löst die Tränen und legt das Gewissen bloß.

Doch der Mensch, der so spricht, muß seine Seele halten, daß sie nicht mit in die Wolken zieht, den Worten nach, weg von den Menschen, denen er vielleicht nie mehr wird trauen können.

Paul Celan verließ Wien schon 1948 wieder und ging nach Paris, wo er vor dem Krieg studiert hatte.

Noch einmal Heidegger und die Philosophie. Bei Hegel lesen wir, „der Tod ist das Leben des Geistes". Spätere Philosophen, von Husserl angefangen, nennen das „Phänomen Tod" die „Aufhebung des unmittelbaren Lebens", setzen ihn aber ins Leben selbst. Alles Vergangene, das gelebte Leben, ist tot. Es kann nur in neuer Bearbeitung in die Gegenwart hineingenommen werden. So werden Trauer, Verlust, Schmerz übermächtig in einem Leben, das selber stirbt, ehe es „in eine neue Gestalt zurückkehrt." Der postmoderne Aesthet Jean François Lyotard spricht in dem Zusammenhang vom „Narzißmus der Trauer".

Martin Heidegger weist unvermittelt darauf hin, daß der Mensch immer nur „Seiend-Gewesenes" hinter sich läßt, mit anderen Worten Totes. Die eigene Vergangenheit, das Ganze, die Identität, die das „Ich" einmal war, ist ein für allemal „gewesen", und jeder lebt mit seinem früheren *und* seinem jetzigen Ich. Für das jetzige, aus dem Gewesenen hervorgegangene Ich, für Überlebende des Holocaust wie Paul Celan, wie auch Jean Amery, der einige Jahre später über seine KZ-Vergangenheit schreibt, für Hannah Arendt, ist der Schritt aus dem Gewesenen in das jetzige Leben die schwerste Stufe ihres Seins.

Ingeborg Bachmann hat dieses Schweben zwischen Tod und Leben, Vergangenheit und Gegenwart wahrscheinlich erkannt und zumindest philosophisch nachvollziehen können. Sie war jung, einfühlsam und begabt. Doch ihre Trauer war nicht dieselbe wie die des Paul Celan. Sie konnten einander nicht helfen. Er klagte einmal über ihre Anpassung, vielleicht meinte er Verkleidungen, über den Philosemitismus, in dem er leeres Gefühl, wenn nicht gar Antisemitismus argwöhnte.

Nach ihrem Rigorosum, Anfang 1950, fuhr sie nach Paris und verbrachte zwei Monate mit Paul Celan.

Paris – welch andere Leichtigkeit gegen den morbiden Glanz des alten Wien. Entzückt, berauscht die Seine entlang unter zartem Grün. Ein Gedicht hält Zukunftshoffnung fest:

„Aufs Rad der Nacht geflochten
schlafen die Verlorenen
in den donnernden Gängen unten,
doch wo wir sind, ist Licht.

Wir haben die Arme voll Blumen,
Mimosen aus vielen Jahren;
Goldenes fällt von Brücke zu Brücke
atemlos in den Fluß.

Kalt ist das Licht,
noch kälter der Stein vor dem Tor,
und die Schalen der Brunnen
sind schon zur Hälfte geleert.

Was wird sein, wenn wir, vom Heimweh
benommen bis ans fliehende Haar,
hier bleiben und fragen: was wird sein,
wenn wir die Schönheit bestehen?

Auf den Wagen des Lichts gehoben,
wachend auch, sind wir verloren,
auf den Straßen der Genien oben,
doch wo wir nicht sind, ist Nacht."

Celan dichtete in Vorkriegszeiten noch, er habe „Herzen bei Blumenmädchen" gekauft, jetzt hieß es: „du liehst dein Haar mir, ich verlor's". Er konnte nicht festhalten, was sie ihm anbot, Gemeinsamkeit, Gleichklang, sie, die Protestantin aus Klagenfurt dem herzwunden, heimatlosen jüdischen Freund, dem das Grauen alle Zuversicht genommen hatte. Wie bitter die Zeilen, die ihr vorhalten, ihr Herz schlage „allerorten", also auch dort, wo das deutsche Wesen sich versteckt:

„Du steigt in alle Brunnen
du schwebst durch jeden Schein.
Du hast ein Spiel ersonnen,
das will vergessen sein."

Zwei Monate reichten nicht aus für den Abschied, aber die Trennung war endgültig. Zwar schrieb Ingeborg Bachmann noch ein Gedicht, das von Eurydikes Hoffnung singt, ohne sie zu nennen.

Dunkles zu sagen

„Wie Orpheus spiel ich
auf den Saiten des Lebens den Tod
und in die Schönheit der Erde
und deiner Augen, die den Himmel verwalten,
weiß ich nur Dunkles zu sagen.

Vergiß nicht, daß auch du, plötzlich,
an jenem Morgen, als dein Lager
noch naß war von Tau und die Nelke
an deinem Herzen schlief,
den dunklen Fluß sahst,
der an dir vorbeizog.

Die Saite des Schweigens
gespannt auf die Welle von Blut,
griff ich dein tönendes Herz.

Verwandelt ward deine Locke
ins Schattenhaar der Nacht,
der Finsternis schwarze Flocken
beschneiten dein Antlitz.

Und ich gehör dir nicht zu.
Beide klagen wir nun.

Aber wie Orpheus weiß ich
auf der Seite des Todes das Leben,
und mir blaut
dein für immer geschlossenes Aug."

Auch gab es Briefe, die beide miteinander wechselten. Sie liegen fest verschlossen mit anderen Zeugnissen im Archiv der Familie Bachmann. Es ist aber fraglich, ob diese Briefe mehr über die Korrespondierenden aussagen, als in ihren poetischen Texten zu finden ist. In ihren Frankfurter Vorlesungen sagt Ingeborg Bachmann mit überzeugender Bestimmtheit, Tagebücher wie auch Briefe verbergen trotz aller Subjektivität, trotz der intimen Äußerung der Mitteilung die Person, die da schreibt, auf „unerklärliche Weise" sei der Autor „entrückt" und habe „Schutz gefunden hinter der Form, der Ich-Form".

Es ist die Frage, die beide, Bachmann und Celan, immer wieder beschäftigt hat: Wer spricht da? Und was? „Wer bin ich denn, im goldnen September, wenn ich alles von mir streife, was man aus mir gemacht hat? Wer, wenn die Wolken fliegen? Der Geist, den mein Fleisch beherbergt, ist ein noch größerer Betrüger als sein scheinheiliger Wirt. Ihn anzutreffen, muß ich vor allem fürchten. Denn nichts, was ich denke, hat mit mir zu schaffen. Nichts anderes ist jeder Gedanke als das Aufgehen fremder Samen. Nichts von all dem, was mich berührt hat, bin ich fähig zu denken, und ich denke Dinge, die mich nicht berührt haben."

So in der Erzählung „Das dreißigste Jahr", wo vom „Undurchdringlichen Ich" die Rede ist, sich selbst fremd, wie Ludwig Wittgenstein es formulierte, nur dem anderen, dem Gegenüber erkennbar und so durch ihn verwundbar.

VII

Im April 1952 kam Hans Werner Richter nach Wien. Er besuchte Ilse Aichinger, mit der Ingeborg Bachmann sich befreundet hatte, in ihrer Wohnung. Die Gruppe 47 hatte seit den fünf Jahren ihres Bestehens für die junge Generation von Schriftstellern und Kritikern große Bedeutung gewonnen.

Die meisten waren, als Hans Werner Richter sie zum ersten Mal einlud, soeben aus der Kriegsgefangenschaft zurück oder dem Lazarett entkommen, alle in großer Unsicherheit. Nicht nur die Frage des Überlebens und was dann mit ihnen geschehen war, beschäftigte sie, sondern vor allem: wie soll das künftige Deutschland aussehen, und wie schreiben?

Hans Werner Richter besprach sich mit Alfred Andersch, der die Zeitschrift „Der Ruf" herausbrachte. Dort erschienen die ersten selbständigen Meinungen nach dem Krieg, zu selbständig, wie sich zeigen sollte, denn die Zeitschrift wurde verboten. Die Autoren aus dem „Ruf" waren bei der Gruppe 47.

Es sei nicht die Aufgabe gewesen, Stilschulen zu kritisieren, Stilepochen zu fixieren, sondern Stil und Form eines jeden einzelnen zu prüfen, so Hans Werner Richter. „Es ging darum, nach den Sprachverwüstungen zweier Jahrzehnte wieder zur Sprache zurückzufinden, ja, eigentlich sie auf dem Weg des Zurückfindens zu erneuern. Man hat dies sehr vergröbernd Kahlschlagperiode genannt, es war aber ein fast unsichtbarer Vorgang. Trotzdem dürfte die so harte, nie Rücksicht nehmende Kritik in der Gruppe 47 auf diesen Sprachreinigungsprozeß zurückzuführen sein, ein Vorgang, der nur wenigen bewußt geworden ist."

Hans Werner Richter lud Ingeborg Bachmann zur nächsten Tagung der Gruppe 47 ein. Sie bat ihn, auch ihren Freund Paul Celan aus Paris dazuzuholen. Er sei arm, schreibe Gedichte, die besser seien als ihre eigenen. Richter ging sofort darauf ein.

Diese Tagung der Gruppe 47 in Niendorf an der Ostsee hielt Hans Werner Richter in der Rückschau für die merkwürdigste. Man war übermütig, beeindruckt vom Intendanten des Nordwestdeutschen Rundfunks Ernst Schnabel, der später das „Tagebuch der Anne Frank" herausgab. Jetzt rannte er plötzlich aus der am Meer flanierenden Gruppe heraus, ließ die Kleider fallen und stürzte sich nackt ins Meer. Ein nackter Intendant, so Hans Werner Richter, das war damals noch ganz und gar unüblich.

Doch auch das Auftreten der beiden „Wienerinnen", Ilse Aichinger und Ingeborg Bachmann, war unüblich: Im Jahr zuvor hatte Ilse Aichinger mit ihrer Zurückhaltung und der klaren Diktion der Texte viel Zustimmung gewonnen. In Niendorf las sie wieder und erhielt, nach Günter Eich und Heinrich Böll, den nun zum 3. Mal vergebenen Preis der Gruppe 47, gestiftet mit wechselnden Beträgen, je nach dem, was zusammenkam, von Freunden der Gruppe, von Verlegern, Rundfunkanstalten, zuerkannt von gleichaltrigen oder kaum älteren Kollegen, nach nüchterner, offener und schonungsloser Diskussion. Man fand sie „bezaubernd".

Auch Ingeborg Bachmann las auf dieser Tagung.

Vom Text des Gedichtes „Dunkles zu sagen" blieb kaum jemandem etwas haften. Ingeborg Bachmann war ängstlich, las leise, flüsternd, „mit der gleich stockenden, gehemmten und scheinbar immer wieder versagenden Stimme", die Blätter flatterten um sie herum zu Boden, manchmal warf sie auch eines energisch fort. Schließlich wurde sie noch leiser, brach ab und mußte sich in ihr Zimmer begeben, wo sie in Ohnmacht fiel.

„Das ist schon vergessen, aber doch wahr. Im Jahr 1952 wußte man in Österreich so gut wie nichts über neue deutsche Schriftsteller. Hin und wieder fuhr jemand, der Paß und Visum hatte, nach Deutschland, das ferner schien als jedes andre Land, einige wenige ‚Pioniere', die dann erzählten, es wäre zuviel gesagt, daß man (aus) jenen Erzählungen klug hätte werden können. Drei österreichische (Schriftsteller) waren schon dort bei einer ‚Gruppe 47' gewesen, so zufällig hingeraten wohl, wie ich in diesem Jahr, ich war noch nie in Deutschland gewesen und ich weiß nicht, was damals die größre Spannung ausmachte: zum erstenmal in dieses Land zu kommen oder Furcht und Neugier oder die gemischten Gefühle vor dem Zusammentreffen mit Menschen, von denen man noch nie den Namen gehört hatte."

Die Namen sollte sie sich bald merken, auch die der Rundfunkredakteure, die sich die Manuskripte der gelesenen Gedichte geben ließen. Es war etwas Neues daran, etwas Geheimnisvolles, gesungene Sprache. Sie habe ihre Gedichte „geweint", hieß es. Doch stand das, was als „neue Poesie" bezeichnet wurde, im Gegensatz zu den Texten deutscher Schriftsteller jener Jahre, die sich aller Verführungen zu Hohem und Erhabenem, zu Heroischem und Feierlichem, zu Gefühlen und Sinnlichem zu enthalten suchten. Sie zählten auf, wagten kaum zu konjugieren und verwarfen jedes Wort der Assoziationen.

Nüchternheit war das Gebot, Realismus und Purismus. Kein Rückgriff auf Mythen und Geschichte, keine

Allegorie und keine Symbolik schien mehr zu passen. „Erstarrt zu Neuem", wie Helmut Heißenbüttel diagnostizierte, war das Neue vielleicht in Prosastücken da, noch nicht aber in der Lyrik.

Ingeborg Bachmann kam von außen, vielleicht weniger belastet, vielleicht unbeirrt durch lange Diskussionen über das *Wie* der Nachkriegsliteratur. Sie dichtete über den Hades und den Fluß und den Tod; sie saß neben Paul Celan und hatte sich keiner Sprache zu verweigern, die sich ihr nicht von selbst verbot.

Paul Celan las die „Todesfuge". Er fand wenig Verständnis für die Klage darin, die Unerbittlichkeit und die Sprache des Unumkehrbaren. Die Gruppe konnte damals nicht (noch nicht?) die Bedeutung dieses hermetischen Gedichts erkennen. Unvorstellbar immer noch die Einsamkeit des lesenden Celan.

Im Jahr darauf wurde Ingeborg Bachmann wieder eingeladen, und sie las „Große Landschaft bei Wien", „Die große Fracht", „Holz und Späne" und „Nachtflug".

Jetzt war sie ihrer Sache schon sicherer, wenn auch immer noch scheu. Hans Werner Richter bewunderte die Stimme, die „lyrisch war wie ihre Lyrik", aber wieder so leise, daß jeder sich anstrengen mußte, sie zu verstehen. „Ihre Lesungen waren immer ein Ereignis, jedenfalls für mich. Ich saß neben ihr und zitterte gleichsam innerlich mit, ob sie es auch durchhielt, ob nicht wieder ihre Stimme versagte, ob sie in dem Durcheinander ihrer Blätter auch jeweils das Gedicht fand, das sie lesen wollte, ja, ob die Pausen, die sie entstehen ließ, sich nicht zu Minuten der Sprachlosigkeit ausdehnten. Es war ein Auftritt, eine Szene, gewiß, aber sie war nie gespielt, nie gewollt, wie einige ihrer Zuhörer annahmen. Das war sie selber, die dort neben mir saß, immer sie selbst. Sie wäre gern anders gewesen, als sie war: klar, deutlich, mit sicherer Stimme lesend. Es war ihr nicht gegeben.

Die Unsicherheit, das Chaotische, das Leise, Verlorene, Schüchterne, es war wohl die Haut, die sie schützte. Dahinter verbarg sie sich. Doch ich glaube, sie hat nie an ihrer Begabung gezweifelt, auch nicht in Stunden der Depression. Ihre Welt war nicht die Welt der Realitäten, die sie zwar sah und zu beurteilen versuchte, die ihr aber fremd war und wahrscheinlich immer fremd geblieben ist."

In Mainz also, schon nach ihrer zweiten Lesung, 1953, erhielt Ingeborg Bachmann den Preis der Gruppe 47. Es war das, was in der literarischen Welt der „Durchbruch" genannt wird. Mit einem Schlag war sie in Deutschland bekannt. Ihre Gedichte wurden gedruckt, in Zeitungen und in den Sendungen der Rundfunkanstalten verbreitet. Sie las immer häufiger und war von der Kritik, von Kollegen und neuen Freunden anerkannt, wenn nicht bewundert.

Hatte man ihr in Wien nachgesagt, sie sei „krankhaft ehrgeizig", so konnte sie sich jetzt bestätigt und ermutigt finden. Intensiv nahm sie die deutsche Nachkriegsliteratur dieser ersten acht Jahre seit 1945 wahr, Alfred Andersch, Günter Eich, Karl Krolow, Wolfgang Koeppen, Heinrich Böll, Martin Walser, Walter Kolbenhoff, Milo Dor, Günter Grass u. a.

Sie hat die Zeit erkundet und die Geschichte gesehen, den Himmel und den Grund. In „Nachtflug" sprechen Piloten und spricht der Erzähler, „am Himmel die Aufgestiegenen von einem Hafen, wo Wiederkehr nicht zählt, und nicht Fracht und nicht Fang".

Doch, so lapidar, wie es gesagt wird, ist es nicht; der „Status der Einsamen, in dem sich das Staunen vollzieht", er hat mehr Brechungen, zumindest die:

… „Wer lebt dort unten? Wer weint …
Wer verliert den Schlüssel zum Haus?
Wer findet sein Bett nicht, wer schläft
auf den Schwellen? Wer, wenn der Morgen kommt,
wagt's, den Silberstreifen zu deuten: seht, über mir …
Wenn das Wasser von neuem ins Mühlrad greift,
wer wagt's, sich der Nacht zu erinnern?"

Ein Lied der Nacht, die den Piloten gehört, „Stützpunkte im Aug und auf den Knien die Landkarte einer Welt, der nichts hinzuzufügen ist". Die Genauigkeit der Bilder entspricht dem Empfinden der Ohnmacht gegenüber der Zurüstung des Himmels.

Zur selben Zeit erscheinen in Hans Weigels Anthologie in Wien „Stimmen der Gegenwart" Gedichte von Ingeborg Bachmann unter dem Titel „Ausfahrt", eine Beschwörung, sich nicht hinzugeben den Ungeheuern des Meeres, dafür zu sorgen, daß Gefahr dich nicht überrollt, nicht denken zu müssen: „Du hättest …"

„… In die Muscheln blasend, gleiten die
Ungeheuer des Meers
auf die Rücken der Wellen, sie reiten und
schlagen
mit blanken Säbeln die Tage in Stücke, eine rote
Spur
bleibt im Wasser, dort legt dich der Schlaf hin,
auf den Rest deiner Stunden,
und dir schwinden die Sinne.

Da ist etwas mit den Tauen geschehen,
man ruft dich, und du bist froh,
daß man dich braucht. Das Beste
ist die Arbeit auf den Schiffen,
die weiterhin fahren,
das Tauknüpfen, das Wasserschöpfen,
das Wändedichten und das Hüten der Fracht.
Das Beste ist, müde zu sein und am Abend
hinzufallen. Das Beste ist, am Morgen,
mit dem ersten Licht, hell zu werden,
gegen den unverrückbaren Himmel zu stehen,
der ungangbaren Wasser nicht zu achten
und das Schiff über die Wellen zu heben,
auf das immerwiederkehrende Sonnenufer zu."

Dieses und andere, auch die während der Tagung der Gruppe 47 gelesenen Gedichte erscheinen 1953 in der von Alfred Andersch herausgegebenen Buchreihe „Studio Frankfurt". Doch blieb die Sammlung „Die gestundete Zeit" fast unbekannt, weil Andersch die Reihe nicht fortführen konnte.

1957 übernahm der Piper Verlag den Titel. Klaus Piper, der Verleger, war auf Ingeborg Bachmann aufmerksam geworden, sein Lektor Reinhard Baumgart, der früh zur Gruppe 47 stieß und auch dort las, Literaturkritiker und Autor, sollte in den nächsten Jahren viel mit der Dichterin zusammenarbeiten.

„Nervös, sensibel, schüchtern und scheinbar hilflos" – das war, nach Hans Werner Richter, das äußere Erscheinungsbild Ingeborg Bachmanns, schmal und zart, doch, wie Reinhard Baumgart bemerkte, mit ganz jungen beweglichen Händen, wie zum „Geflügelausnehmen". Tatsächlich sehen auf vielen Fotos die Hände aus, als wollten oder müßten sie etwas greifen, voller Energie die Finger schon gekrümmt auf den Moment des Zupackens hin. Dann wieder sind Arme und Hände der Ingeborg Bachmann ängstlich vor der Brust gekreuzt, abwehrend und gespannt. In der Gruppe galt sie als schweigsam, verletzlich. Fast alle Beurteilungen von Person und Werk Ingeborg Bachmanns betonen das Emotionale, das „poetische Ich" dieser Lyrikerin. Peter Hamm, der 1978 einen Film über Ingeborg Bachmann machte und sich immer wieder mit ihr auseinandersetzte, meinte: „Ingeborg Bachmann bot einer Welt, die sich bereits mit dem entzauberten Autor abfinden wollte, noch einmal das Bild vom Dichter als dem ganz anderen, dem Gezeichneten, dem Zauberer, und bis zuletzt blieb unklar, wieviel davon sie selbst absichtlich zu diesem Bild beitrug und wieviel sich absichtslos zu diesem fügte."

Es war die Zeit der Restauration in Deutschland, des Wirtschaftswunders und des „Kalten Krieges". Wolfgang Koeppens Roman „Tauben im Gras" von 1951 beschreibt die Ängste und Verwirrungen. In der Gruppe 47 wurde heftig über die Situation des, wenn auch noch nicht durch eine Mauer durchschnittenen, so doch geteilten Deutschland diskutiert. Die Frage der Wiederbewaffnung kam schon auf, und Ingeborg Bachmann war erschreckt durch Aufrüstungsdebatten, die Abgrenzungen in potentielle Feinde und Freunde, die Politik in Ost und West sortierten. Hatte sie in Österreich die allenthalben gebrauchte Phrase vom „Anschluß" an das Reich 1938 empört, weil darin das eigene Dazutun weggeschoben wurde, so war sie jetzt, da sie sich unter deutschen Intellektuellen bewegte, mit ihnen aufs Äußerste besorgt. Ein Gedicht spricht es aus:

Früher Mittag

„Still grünt die Linde im geöffneten Sommer,
weit aus den Städten gerückt, flirrt
der mattglänzende Tagmond. Schon ist Mittag,
schon regt sich im Brunnen der Strahl,
schon hebt sich unter den Scherben
des Märchenvogels geschundener Flügel,
und die vom Steinwurf entstellte Hand
sinkt ins erwachende Korn.

Wo Deutschlands Himmel die Erde schwärzt,
sucht sein enthaupteter Engel ein Grab für den
  Haß
und reicht dir die Schüssel des Herzens.

Eine Handvoll Schmerz verliert sich über den
  Hügel.
Sieben Jahre später
fällt es dir wieder ein,
am Brunnen vor dem Tore,
blick nicht zu tief hinein,
die Augen gehen dir über.

Sieben Jahre später,
in einem Totenhaus,
trinken die Henker von gestern
den goldenen Becher aus.
Die Augen täten dir sinken.

Schon ist Mittag, in der Asche
krümmt sich das Eisen, auf den Dorn
ist die Fahne gehißt, und auf den Felsen

uralten Traums bleibt fortan
der Adler geschmiedet.

Nur die Hoffnung kauert erblindet im Licht.

Lös ihr die Fessel, führ sie
die Halde herab, leg ihr
die Hand auf das Aug, daß sie
kein Schatten versengt!

Wo Deutschlands Erde den Himmel schwärzt,
sucht die Wolke nach Worten und füllt den Krater
mit Schweigen,
eh sie der Sommer im schütteren Regen
vernimmt.
Das Unsägliche geht, leise gesagt, übers Land:
schon ist Mittag."

Dichten außerhalb der geschichtlichen Gegebenheiten konnte es nach 1945 auch für Ingeborg Bachmann nicht mehr geben.

Die Erzählung „Ein Geschäft mit den Träumen" spricht von den Bedrängnissen des Alltags in der neuen demokratischen Ordnung. Es bleibt kaum Raum für Ideen; das Kapital, die Folge der Verrichtungen, um es zu vergrößern, das Hasten und Drängen, lauter Hindernisse auf dem Weg zu einer wirklich neuen Gesellschaft.

„Haben wir nach 1945 versagt?", schrieb der alte Soziologe Alfred Weber, Mitglied des P. E. N.-Zentrums Bundesrepublik, das 1951 gegründet wurde, nachdem der nach dem Krieg wiedererstandene Deutsche P. E. N.-Club sich in einen Ost- und einen Westteil zerstritten hatte. Abschied von der bisherigen Geschichte, sei notwendig, fand Weber, der die Phrasen von Entideologisierung, Entmythologisierung für verhängnisvoll hielt, weil damit die wirkliche Auseinandersetzung mit Ideologien wie dem Faschismus, mit geschlossenen gesellschaftlichen Systemen, die auf Ideologien gründen, leicht als erledigt abgetan werden konnten.

Margarete und Alexander Mitscherlich erklärten später, 1977, die „Unfähigkeit zu trauern" mit psychischer Ökonomie, erfolgreicher Abwehr der eigenen Verantwortung durch Sprachklischees wie „Der Führer ist an allem schuld", durch Entnazifizierung und Wiederaufbau, durch Erfolg, der die Wahrheit zudeckt.

„Sieben Jahre ...". Jetzt wird auch die Sprache derer vernehmlich, die das Schreiben als Auftrag ansahen. „Sieben Jahre später, / in einem Totenhaus, / trinken die Henker von gestern / den goldenen Becher aus." Es bleibt keine Zeit mehr zu zaudern, „neue Zeichen der Wirklichkeit" sind gefordert. Der Dichter kann nicht „aus der Gesellschaft austreten".

Schon hat ein Gesetz die nationalsozialistischen Beamten, sofern sie durch die Entnazifizierungsbehörden nicht ohnehin als „Mitläufer" eingestuft waren, aus ihrem unfreiwilligen Ruhestand wieder ins Amt gerufen: Professoren, Richter, Lehrer. Als Politiker im Gefolge des Bundeskanzlers Adenauer redeten sie die alte Sprache, die versiegt sein sollte und bald überall wieder hervorquoll: an den Universitäten, den Schulen, auf Ämtern und in vielen anderen Bereichen.

Hatte, nach Mitscherlich, der Tod Hitlers den Massen das Objekt ihrer Identifikation genommen, so daß sie sich „verlassen" und „schutzlos" fühlten, entwertet und aus der Realität geworfen, so bestand danach für viele nur noch die Möglichkeit, durch Verleugnung oder aber Auseinandersetzung mit dem Verlust neue Realität zu schaffen.

Trauer heißt Erinnerungsarbeit, „ein stückweises, fortgesetztes Zerreißen der Bindung an das geliebte Objekt und damit ein Erlebnis von Rissen und Wunden im Selbst des Trauernden."

Die Konsequenz aus der Analyse der Leiden von Margarete und Alexander Mitscherlich, die in jenen Jahren sichtbar wurde, scheint mir hier interessant: Hätte es nicht die Abwehrmechanismen, die Verleugnung, die Verkehrung ins Gegenteil, die Verdrehung der ganzen Periode des Dritten Reiches gegeben, den „Entzug des Objekts", so wäre im Nachkriegsdeutschland der Zustand schwerer Melancholie für eine große Anzahl von Menschen unausweichlich, gewiß aber heilsam gewesen.

Die Melancholie wurde abgewehrt. Doch, so Mitscherlich, eine große „Ich-Verarmung" prägte die Gesellschaft jahrzehntelang. Die Analytiker sehen darin „die Brücke zum Verständnis des psychischen Immobilismus, der Unfähigkeit, in sozial fortschrittlicher Weise die Probleme unserer Gesellschaft in Angriff zu nehmen."

Im „Herbstmanöver" dichtet Ingeborg Bachmann: „Ich sage nicht: das war gestern". Sie kann es nicht sagen im Anblick des freudlosen Sterbens der Blätter. Auch die Briefe von gestern, die unbeantworteten, liegen ihr auf der Seele. Oder doch nicht? „Laßt uns eine Reise tun! Laßt uns unter Zypressen oder auch unter Palmen oder in den Orangenhainen zu verbilligten Preisen Sonnenuntergänge sehen, die nicht ihresgleichen haben! Laßt uns die unbeantworteten Briefe an das Gestern vergessen! Die Zeit tut Wunder. Kommt sie uns aber unrecht, mit dem Pochen der Schuld: wir sind nicht zu Hause. Im Keller des Herzens, schlaflos, find ich mich wieder auf der Spreu des Hohns, im Herbstmanöver der Zeit."

Die deutsche Ängstlichkeit als wiederkehrendes Phänomen in der Geschichte hat schon immer die Symbiose mit dem Starken gesucht. Unterwürfigkeit, Untertanengeist, Identifikation mit den Großen der Geschichte, Heldenverehrung, Glauben an den Mythos und schließlich Einordnung in Reih und Glied, das ganze Volk der Fahne nach. Das Bewußtsein der Schuld an den Verbrechen der Nazi-Diktatur lastete auf der jungen Generation und auch auf Ingeborg Bachmann. „Nach dem Krieg", sagte sie einmal, „dies ist die Zeitrechnung".

Das Neue dieser Zeitrechnung war die ins Auge zu nehmende Bedrohung. Ingeborg Bachmann spricht in ihrem Radio-Essay über Robert Musil von der „Utopie dieses anderen Lebens", Hoffnung auf das Ende der Katastrophen, der Gewalt und der vielen Tode.

„Die gestundete Zeit" schließlich beginnt mit schonungsloser Bestandsaufnahme:

„Es kommen härtere Tage.
Die auf Widerruf gestundete Zeit
wird sichtbar am Horizont.
Bald mußt du den Schuh schnüren
und die Hunde zurückjagen in die Marschhöfe.
Denn die Eingeweide der Fische
sind kalt geworden im Wind.
Ärmlich brennt das Licht der Lupinen.

Dein Blick spurt im Nebel:
die auf Widerruf gestundete Zeit
wird sichtbar am Horizont.

Drüben versinkt dir die Geliebte im Sand,
er steigt um ihr wehendes Haar,
er fällt ihr ins Wort,
er befiehlt ihr zu schweigen,
er findet sie sterblich
und willig dem Abschied
nach jeder Umarmung.

Sieh dich nicht um,
Schnür deinen Schuh.
Jag die Hunde zurück.
Wirf die Fische ins Meer.
Lösch die Lupinen!

Es kommen härtere Tage."

„Keine neue Welt ohne neue Sprache".

Die neue Welt suchten viele in jenen 50er Jahren der Aufbrüche, Ausfahrten, des Fortgehens. Wolfgang Koeppen, „Das Treibhaus" und „Der Tod in Rom", spricht von der kostbaren Zeit, die es erlaubt, „noch fortzugehen", Wolfgang Bächler läßt „Türen aus Rauch" aufgehen. Flucht und Widerstand sah Peter Rühmkorf in den Versen von Ingeborg Bachmann. In einem großen Essay über die Lyrik der Bachmann hat Hans Höller auf die gleichzeitige Literatur hingewiesen: Ilse Aichingers „Rede unter dem Galgen", wo über Erzählen nachgedacht wird als Form, die „nie aus dem Gefühl der Sicherheit" entstand, sondern immer angesichts des Endes, dem wir „vielleicht unmittelbar gegenüberstehen.“ Hans Erich Nossack beschreibt „den Partisan“, der die radikalste Position gegenüber sozialen Ideologien, Institutionen oder Systemen einnehme, und Arno Schmidt stellt bei Erscheinen von Alfred Andersch's Roman „Sansibar oder der letzte Grund“ fest: „Was übrig bleibt, ist Deutschland, das Land-aus-dem-man-flüchtet“. Das war 1956; Alfred Andersch schrieb über Nazi-Deutschland.

Ingeborg Bachmanns Vision geht noch vom Da-Bleiben aus, vom „Behalt im Aug“ und „sei wach“ der beteiligten Personen:

Alle Tage

„Der Krieg wird nicht mehr erklärt,
sondern fortgesetzt. Das Unerhörte
ist alltäglich geworden. Der Held
bleibt den Kämpfern fern. Der Schwache
ist in die Feuerzone gerückt.
Die Uniform des Tages ist die Geduld,
die Auszeichnung der armselige Stern
der Hoffnung über dem Herzen.

Er wird verliehen,
wenn nichts mehr geschieht,
wenn das Trommelfeuer verstummt,
wenn der Feind unsichtbar geworden ist
und der Schatten ewiger Rüstung
den Himmel bedeckt.

Er wird verliehen
für die Flucht von den Fahnen,
für die Tapferkeit vor dem Freund,
für den Verrat unwürdiger Geheimnisse
und die Nichtachtung
jeglichen Befehls."

VIII

Sie war keine „Koffernomadin" wie die weibliche Figur in ihrem Hörspiel „Der gute Gott von Manhattan"; doch liebte sie Entfernungen und vor allem das Überschreiten von Grenzen. Slowenien, Italien, Frankreich, das heißt: Paris und, im Anschluß an den zweimonatigen Aufenthalt dort, London – das waren die Blickwinkel ihrer Weltsicht bisher. Deutschland befremdete sie, ehe sie es wirklich kannte.

In den nächsten Jahren besuchte sie regelmäßig die Tagungen der Gruppe 47. Sie fanden im Frühjahr und im Herbst statt, mal hier, mal dort, stets ohne Verfassung und Reglement außer den Bedingungen des behutsamen Hans Werner Richter, der darauf bestand, daß alle beieinander blieben, bis die Lesungen und Diskussionen zu Ende waren, daß offen, fair und ehrlich gesprochen wurde und Beifall einer solchen Arbeit am Text nicht zustand.

Man reiste im Zug oder Bus, zusammengerückt und mit mancherlei Defekten, oder, wie schon 1953 Ilse Aichinger und Günter Eich, das Brautpaar, im eigenen Auto. Die beiden wollten dann in Niendorf an der Ostsee heiraten, weil die dortige Tagung in so überaus heiterer Erinnerung war.

In Niendorf hatte Ingeborg Bachmann auch den Komponisten Hans Werner Henze kennengelernt, der sie nach Italien einlud. Er war nur wenige Tage jünger als sie und künstlerischer Leiter des Balletts am Staatstheater Wiesbaden, nachdem er zuvor, von 1948 bis Ende 49 an Heinz Hilperts Theater in Konstanz Musik gemacht hatte. Er war Schüler von Wolfgang Fortner, der die Musica viva-Konzerte in München geleitet hatte.

Die Anfänge in Heidelberg mit der Aufführung einer Oper nach Cervantes „Das Wundertheater" weisen schon auf die Verbindung von Literatur und Musik hin. Hans Werner Henze vertonte W. H. Audens „Elegie für junge Liebende" und die Aesop-Bearbeitungen, Abbé Prévosts „Manon Lescaut", Euripides und Andersen; er schrieb Ballettmusik, Vokalwerke, Orchesterstücke und Kammermusik, dazu Essays über Musik und Politik. Zu dieser Zeit, 1952/53, hatte er in Hannover das Drama „Boulevard Solitude" aufgeführt, Ballett in Wuppertal, eine Orchestersuite, Sonaten und Streichquartette, 5 Madrigale nach François Villon, Chormusik nach Goethes Faust, Teil II, das „Wiegenlied der Mutter Gottes für einstimmigen Knabenchor und 9 Instrumente" nach Lope de Vega, eine Kantate nach Walt Whitman, eine Konzertarie „Der Vorwurf" nach Franz Werfel, Improvisationen nach Georg Trakl.

„Wüßten Sie mir Besseres?" soll er gesagt haben, als man ihn auf die berühmten literarischen Vorlagen ansprach.

Die Einladung Hans Werner Henzes galt der Lyrikerin Ingeborg Bachmann, ihrer Musikalität und der Virtuosität im Umgang mit der Form. Er wollte mit ihr arbeiten, auf Ischia, wo er ein Haus hatte, Forio hieß der Ort.

Sie nahm die Einladung an: Eine kurze Reise nach Rom, zusammen mit ihrer Schwester Isolde, hatte sie bestärkt: Italien war ihr „erstgeborenes Land".

Sie gab ihre Stelle als Redakteurin des Senders Rot-Weiß-Rot in Wien auf. Mit eintausend DM Honorar aus Radiolesungen in der Tasche glaubte sie sich reich. Es war viel Geld damals, zugegeben, doch für den Beginn einer Existenz als freie Schriftstellerin reichte es nicht aus.

Hans Werner Henze lebte beinahe luxuriös auf Ischia, mit Hauspersonal und in geradezu verschwenderischer Weite des Raumes. Das Geld war knapp, doch die Intensität der gemeinsamen Arbeit, die freie Sicht, die Wärme und die Freude am Zusammenleben beflügelten beide. Sie waren zart miteinander wie Geschwister und ähnlich in der Arbeit an ihrem Material. Wie Ingeborg Bachmann aus der Literaturgeschichte zitieren, übernehmen, übertragen konnte, was in ihre Sprache einfiel, verhielt sich Henze unbefangen der historischen Musik gegenüber. Das Neue suchend, offen für Experimentelles, komponierte er tonal und atonal, auf neue Weise Traditionelles anders sichtend und ordnend.

„Der Prinz von Homburg", ein Stück von Pflicht, Gehorsam und Freiheit nach Heinrich von Kleist war Ingeborg Bachmanns erstes Libretto; es folgte „Der junge Lord" nach Wilhelm Hauffs „Der Scheik von Alessandria und seine Sklaven".

Im „Prinz von Homburg" wollte sie die Dichtung der Musik so unbeschädigt wie möglich übergeben, „für ein zweites Leben". Sie kürzte, faßte mehrere Personen zu einer zusammen und gab ihr Arientexte, setzte Rezitative ein, beließ aber im ganzen die Vorlage, wie sie war. „Es gäbe keine Rechtfertigung für dieses Libretto, wenn es beanspruchte, etwas für sich zu sein. Die Rechtfertigung, wenn davon die Rede sein soll, kann nur von der Musik kommen. In dem neuen Werk, der Oper, erlöst ja der Komponist den „bearbeiteten" Text zu einer neuen Gestalt, einer neuen Ganzheit. Ich würde darum meine Arbeit dann für gelungen halten, wenn sie wenig bemerkt und schließlich vergessen würde."

Die Dichterin und der Musiker – eine Symbiose zweifellos. Ingeborg Bachmann sollte wenige Jahre später, 1956, mit größerer Sicherheit von ihrem Anteil an Henzes Oper sprechen, nachdem sie „studiert" hatte, was italienische Oper bedeutet, nach einem „mißlungenen" Libretto, und nachdem sie dennoch darauf bestand, daß ein Opernbuch immer noch etwas anderes ist als das der Oper geliehene Theaterstück.

Ein Opernbuch habe, so schreibt sie in den Notizen zum Libretto „Der kleine Lord", in der Literatur „rechtens" nichts zu suchen und sei an ihren Kriterien nicht zu messen und darum wenig erforscht. Zu diskutieren aber sei es nur mit dem Komponisten. Es gehe um das „Erraten des Wegs dieser Musik und ihrer vorhandenen und noch zu erweckenden Potentiale".

„Das verlangt vor allem Unterwerfung, und Überlistung zuweilen, und in jedem Fall ein Hintansetzen der eigenen Arbeit unter die allein wichtige des Komponisten. Es war sein Werk, das der Öffentlichkeit übergeben und gezeigt wird."

Ingeborg Bachmanns Ehrgeiz muß sich auf das Handwerkliche beschränken, und sie befaßte sich gründlich damit. Oper, das heißt auch, mehrere Stimmen zugleich neben- und gegeneinander zu setzen, Texte also, die sich ins Wort fallen, die die Handlung unterbrechen, sie vorantreiben und zugleich aufhalten. Ingeborg Bachmann rhythmisierte die Texte, und das ist zweifellos ihre eigene Handschrift, die dem Komponisten Entscheidendes vorgibt.

Hat sie Ischia geliebt, die Perle des Südens, die hellen Häuser am blauen Meer in ewiger Sonne?

Es seien doch immer die Schiffsbrüchigen, die auf Inseln Zuflucht suchen, so Ingeborg Bachmann in dem

Hörspiel „Die Zikaden", für das Hans Werner Henze die Musik schrieb. „Sie alle wissen nichts von der Insel, die sie für ein Stück Erde höherer Ordnung halten; sie sehen zurück auf den Kontinent, diesen grauen Klebestreifen am Horizont, dem sie entronnen sind, und sie danken Gott dafür, daß er das Meer zwischen sie und das Land gelegt hat."

Immerhin, die Fahrkarte, der Paß, ein wenig Geld in der Tasche sind notwendig. Sie selbst, die Beobachterin, reiste gern nach Neapel, wo es eine zweite Wohnung gab, in der die Arbeit fortgeführt werden konnte. Hans Werner Henze drängte, seine Librettistin geriet unter Druck, sie war ihm zu langsam. Seinen Bitten nicht nachkommend, hatte sie sich seiner Wut zu erwehren. Er versuchte, sie zu zwingen. Wenn sie nur am Tisch bliebe, unabgelenkt im Zimmer, statt hinauszulaufen ins Freie! Es wird erzählt, er habe sie eingesperrt, damit sie endlich schreibe.

Je stärker der Druck wurde, desto mehr entzog sie sich. Sie ging nach Rom. Für zwei Monate, so war es geplant, entfloh sie der Enge unter den weiten Horizonten.

„Lieder auf der Flucht" entstanden, darin:

„Kälte wie noch nie ist eingedrungen.
Fliegende Kommandos kamen über das Meer.
Mit allen Lichtern hat der Golf sich ergeben.
Die Stadt ist gefallen.

Ich bin unschuldig und gefangen
im unterworfenen Neapel,
wo der Winter
Posilip und Vomero an den Himmel stellt,

wo seine weißen Blitze aufräumen
unter den Liedern
und er seinen heiseren Donner
ins Recht setzt.
Ich bin unschuldig, und bis Camaldoli
rühren die Pinien die Wolken;
und ohne Trost, denn die Palmen
schuppt sobald nicht der Regen;

ohne Hoffnung, denn ich soll nicht
  entkommen,
auch wenn der Fisch die Flossen schützend
  sträubt
und wenn am Winterstrand der Dunst,
von immer warmen Wellen aufgeworfen,
mir eine Mauer macht,
auch wenn die Wogen
fliehend
den Fliehenden
dem nächsten Ziel entheben."

Aus „zwei Monaten" Rom wurden Jahre. Sie kehrte aber immer wieder zurück nach Neapel in die Freundschaft mit Hans Werner Henze.

IX

„... und eines Tages war meine Zeit um, und ich nahm Abschied. Es war spät im Herbst. Aus den Büschen fielen faule Beeren, und die Schafe kamen die Hügel herunter, frierend und hungrig, denn über Nacht hatte der Wind das Gras aus den Bergwiesen gespült und an die felsigen Ufer geworfen. Auf silbernen Gleisen – zwei Sonnenstrahlen – trug mich der Zug fort."

Das Herz, sich zu bescheiden, hatte sie jetzt. „Auch ich habe in Arkadien gelebt", heißt der kleine Text, der auf Ischia entstanden war. Musik ist darin eine vom Wind verstärkte Melodie. Sie mußte woanders sein, jetzt. Das Meer, an das sie jederzeit hätte fahren können, war ja nicht fern.

Rom – im Palazzo Ossoli, Piazza della Quercia, wohnte sie drei Jahre lang. Ein mächtiger Bau mitten in der Stadt. „Ich sah, daß wer ‚Rom' sagt, noch die Welt nennt und der Schlüssel der Kraft vier Buchstaben sind. S.P.Q.R."

Senatus Populus que Romanus, Senat und Volk Roms, so steht es geschrieben an allen Plätzen, Straßen, auf Autobussen, Brunnen, überall dort, wo deutlich werden soll, daß hier ein Gemeinwesen herrscht, an dem das Volk teilhat, uralte Kürzel, unvergänglich durch alle Zeiten gerettet. „Wer die Formel hat", schreibt Ingeborg Bachmann in „Was ich in Rom sah und hörte", wer das erkennt, „kann die Bücher zuschlagen".

In Rom entstehen Rundfunkarbeiten, Essays für die „Westdeutsche Allgemeine", eine noch heute kleinformatige Zeitung. Damals hatte sie einen melancholischen Feuilletonchef namens Dr. Potter, wenn ich nicht irre. Ich volontierte zwischen Abitur und Studium und während der ersten Semesterferien bei der Zeitung in Düsseldorf und war überrascht über die große Bildung dieses Kunsthistorikers, der mich ermutigte, selbst über das absolute Nichtverstehen dessen, was an der Börse vor sich geht, wohin man mich geschickt hatte, einen Text zu machen. Daß Ingeborg Bachmann für dieses Feuilleton arbeitete, wußte ich bis vor kurzem nicht.

Politische Berichte aus Rom schrieb sie, eben was sie sah und hörte. Aber auch Gedichte. Mit dem Hörspielchef von Radio Bremen, Oswald Döpke, verabredete sie Stücke, über die beide regelmäßig korrespondierten. Sie reiste viel, und allmählich hatte sie festeren Boden unter den Füßen.

In diesem Jahr 1954 erhielt sie die Fördergabe des Bundesverbandes der Deutschen Industrie. Der Spiegel veröffentlichte eine Titelgeschichte über sie, die Lyrikerin und Philosophin, die in Rom lebte und zu den literarischen Größen der Welt Kontakt hatte. Altes und Neues verbindend, modern und traditionell zugleich, aufsehenerregend jedenfalls, erscheint die stark geschminkte, eher mondän und abweisend wirkende Bachmann wie eine Schwester berühmter Sängerinnen und Filmdivas, exaltiert, ferngerückt und fast ein Idol.

Doch sie war „immer arm, oder fast immer. Auch noch, als sie schon sehr bekannt ist", so Hans Werner Richter.

Zurück also zur Gruppe 47 dieser Jahre, der Familie ohne Haus. Bis 1961 fühlte sich Ingeborg Bachmann dazugehörig, und jedesmal brachte sie Texte mit. Man sprach, berichtet Joachim Kaiser später, von „kriechender Literatur", die da anfangs geboten wurde. Ein Realismus der kleinen Formen. Doch verstand es sich offenbar von selbst, „daß auch nach Auschwitz und Hiroshima die literarischen Helden aufwärts, mit ‚Würd' und ‚Hoheit' angetan, über Trümmerwüsten zu schreiten hätten".

Max Frisch hatte schon im Januar 1945 mit dem „Versuch eines Requiems", das unter dem Titel „Nun singen sie wieder" 1946 als Buch erschien, den Tod ermordeter Geiseln beschrieben; sie sangen, ehe sie starben. Er skizzierte die Mörder, die Bomberpiloten, wie sie im Totenreich miteinander und mit den Opfern reden über das Leben, das sie nicht leben konnten. Draußen, in der Realität bleiben Mörder und Opfer.

Im Jahr darauf erschien „Die chinesische Mauer", ein Bollwerk gegen die Zukunft, Symbol der Ohnmacht des Volkes, hoffnungsloser Protest.

„Draußen vor der Tür" von Wolfgang Borchert wurde als Hörspiel im Nordwestdeutschen Rundfunk sogleich berühmt. Viele erkannten sich wieder in dem Kriegsheimkehrer, einem von denen, „die nach Hause kommen und die dann doch nicht nach Hause kommen, weil für sie kein Zuhause mehr da ist". Ein bewegendes Stück über den Tod mit den vielen Namen. Alle haben davon gezehrt, die sich nicht zurechtfanden in ihren zerstörten Innenwelten inmitten der aus Trümmern so schnell wieder errichteten alten Strukturen.

Heinrich Böll, „Der Zug war pünktlich", 1949, Arno Schmidt, „Leviathan", Carl Zuckmayer, „Der Gesang im Feuerofen", Nelly Sachs mit ihren eindringlichen Todesgedichten, Günter Eichs „Träume" – alle diese Versuche, auch Gottfried Benns umstrittene Dekompositonen, waren in den Diskussionen präsent.

Ingeborg Bachmann hatte nichts zu verteidigen, keine Geschichte und keine Illusionen, nur die Unerbittlichkeit, auf nichts mehr hereinzufallen. Deshalb faszinierte sie auch die Figur des Myschkin aus Dostojewskijs „Idiot". Für Hans Werner Henzes Ballettpantomime schrieb sie den Text „Monolog des Fürsten Myschkin".

Mit zunehmender Kenntnis der Weltliteratur, von der Deutschland während der Nazi-Diktatur abgeschnitten war, veränderte sich die Kritik. Joachim Kaiser erzählt: „Nachdem Vigoleis Thelen seiner üppig wuchernden Humorphantasie freien Lauf gelassen hatte, in einem Text, mit dem verglichen Jean Paul Telegrammstil schrieb, sagte Kolbenhoff unwiderleglich: ‚Also, ein Hemingway-Epigone ist er nicht', Paul Schallück las aus seinem Roman-Versuch, der sich tief und wild in die altrussische Seele eingrub. Dazu meinte Guggenheimer schlicht: ‚Ich sehe den Schallück nicht gern in Sibirien'."

Bis zu zehn Stunden täglich saßen die eingeladenen Gäste Hans Werner Richters zusammen, Selbstzahler, drei Tage lang, oft mit ihren Lebensgefährten. Sie ließen sich ermutigen und entmutigen, meistens kamen sie wieder, wenn die Haut nicht so dünn war wie die des Paul Celan, der weiter eingeladen wurde, aber nicht mehr kam.

Eine Geschichte, die die Atmosphäre während einer solchen Tagung kennzeichnet, wird von vielen beschrieben, die dabei waren: Ingeborg Bachmann hatte gelesen: „Liebe: dunkler Erdteil".

Wie immer mußten die Zuhörer „das Gedicht von den Lippen der flüsternden Autorin saugen", so Kaiser. Die Diskussion war lebhaft. Theo Pirker, der Soziologe, griff den Vorwurf der Flucht, des Eskapismus auf. „Wüstenkönig ist der Löwe", zitiert er Freiligrath; Emigration in ferne Elfenbeintürme dürfe es nicht geben.

Ingeborg Bachmann verstand nicht, was Pirker meinte. Wieso Wüstenkönig? Pirker: „diese Anhimmlung Afrikas, diese unverbindliche Sympathie-Erklärung ... der Titel: „Lieber dunkler Erdteil". Aber, so wurde dem Aufgeregten bedeutet, es heiße doch: „Liebe: dunkler Erdteil".

Oh ja, wieviel Zeit war vergangen? Joachim Kaiser meint, daß gerade solche Mißverständnisse, die Inkompetenzen, die Gruppe am Leben gehalten hätten. „Nichts kann kompetent beurteilt werden – eben darum hat auch das schärfste Urteil keinen tödlichen (und das hieße auch: gruppensprengenden) Charakter. Moderne Lyrik läßt sich, jedermann weiß es, sagt es, konzediert es, aufs erste Hören kaum beurteilen."

Die in Italien entstandenen Gedichte von Ingeborg Bachmann haben Farbe, sie sind Augensprache. Sie habe schauen gelernt, erzählte sie Kuno Raeber, und sie sei „froher geworden".

Die Straßen, der Markt, das Café Doney in der Via Veneto gehörten zu ihrem Alltag. Sie traf Marie Luise Kaschnitz und Hermann Kesten dort und die Herausgeberin der Literaturzeitschrift „Botteghe Oscure", Marguerite Caetani, die einige ihrer Gedichte veröffentlichte.

„Rom ist für mich eine selbstverständliche Stadt", betonte sie. Die Sehnsucht der Südlandreisenden vieler Jahrhunderte hatte sie nicht ergriffen. „Man pilgert heute nicht mehr nach Italien. Ich habe kein Italienerlebnis, nichts dergleichen, ich lebe sehr gerne hier."

Gustav René Hocke, der Kenner italienischer Kunst, ein Freund von Ingeborg Bachmann aus der ersten Zeit in Rom (Schulfreund meines Vaters im niederrheinischen Gymnasium) war überzeugt, sie gehörte hierher, weil sie selber Abstand hielt, weil sie Italienisch sprach und sich interessierte mit der gebotenen Distanz.

„Ihre Extravaganz in der Kleidung und Schminke, ihre Zerstreutheit und Schüchternheit fast allem gegenüber waren sprichwörtlich in Rom." Man liebte sie und ließ sie in Ruhe.

Kaum jemand, so ist zu vermuten, wußte, daß sie unter dem Pseudonym Ruth Keller Kulturberichte nach Deutschland schickte, unter anderem als Korrespondentin für Radio Bremen.

Zum Umerziehungsprogramm der amerikanischen Besatzungsintelligenz gehörten Seminare und Tagungen, Stipendien an Universitäten in den USA, Konferenzen und internationale Symposien. Ich selbst war 1953/54 im dritten und vierten Studiensemester an der University of Michigan, Ann Abor.

Ingeborg Bachmann wurde 1955, auf Veranlassung des Verlegers Siegfried Unseld, zu einem Internationalen Seminar nach Harvard eingeladen. Zwei Monate sollte die Studiengruppe auf dem Campus der Universität bleiben. Henry Kissinger, der spätere Außenminister, der auch die berühmten Salzburg-Seminare initiiert hatte, war Leiter der Unternehmung. Jung und neugierig steht Ingeborg Bachmann, eine der wenigen Frauen auf dem Foto, zwischen den vierzig Männern. Sie war eine Studentin und doch nicht.

Die Reise auf dem Schiff, zusammen mit anderen Teilnehmern, darunter auch Siegfried Unseld, wird sie beeindruckt haben. Ankunft in New York, von Ferne im Dunst die Freiheitsstatue, die Skyscrapers, Manhattan. Der Hafen ein Labyrinth, Geschrei und Dreck und Armut neben wohlgeordneter Kontrolle. Eine junge Schwarze in gelbem kurzem Kleid lief vorüber, warf die brennende Zigarette in die Luft und fing sie mit dem Mund auf. Daneben ein alter Epileptiker auf dem Straßenpflaster.

Hier endet manche Weisheit.

Ein Foto zeigt Ingeborg Bachmann in der Stadt New York. Elegant mit sorgfältig geschnittenem Haar, weiß und ärmellos das enge Kleid, ein helles Tuch um den Hals, geschminkt und munter, sehr weiblich und – wie ich mich selbst sah nach drei Wochen New York: sehr amerikanisch.

Mir gefiel dieses „Amerikanische" 1954. Es war wie eine andere Haut, hinter der das Bild der deutschen Frau meiner Kindheit verschwand. Es war zugleich adrett und puritanisch; es fiel nicht aus dem Rahmen wie die Aufmachung der Vorkriegsextravaganz von Schauspielerinnen. Ich hatte Spaß an dem Glitzerschmuck mit ewiger Lackverkleidung der Fingernägel und der Lippen. Ein Outfit der Unnahbarkeit, und dies, könnte ich mir denken, kam Ingeborg Bachmanns Sensibilität entgegen. Jedenfalls blieb ihr das Image der Amerikareisenden noch eine Weile erhalten.

Vielleicht irre ich mich auch. Der „große, barbarische Schmuck", an den Maria Gazetti erinnert, das „außergewöhnliche Kleid" wechselte ja ab mit schlichten Wollsachen. Helles, Dunkles, wenig in Farbe, die schönen Arme oftmals bloß, fast immer Ketten.

In Wien hatte sie sich klein gefühlt gegenüber ihrem Ehrgeiz. Kränkungen wie sie sei ein „Trampel" oder „aus der Provinz" oder eine „Landpomeranze" verleideten ihr den Umgang mit den Klugköpfen, von denen sie sich so beurteilt fühlte. Dem war sie jetzt entwachsen. Ihre „Schüchternheit" kam aus anderen, immer wieder neu hervorbrechenden Quellen.

Das Amerika der vielen Kulturen unter dem einigenden Schwert der Freiheitsstatue, der demokratische Anspruch und die Ernsthaftigkeit der intellektuellen Bemühungen jener Jahre waren imponierend trotz der Verdikte des Senators McCarthy und seiner Anhänger gegen alles, was kritisch, links oder gar kommunistisch klang. Auch mußte das Seminar an der Harvard Universität unweigerlich, wie immer das Thema gestellt war, auf Deutschland zurückkommen, auf den Nationalsozialismus, auf das erbärmliche Versagen deutscher Kultur schon vor 1933, auf den Totalitarismus und den Mord an den Juden. Deutsche Schriftsteller im Exil zu sehen mit der Frage, ob sie in das Nachkriegsdeutschland genug Vertrauen setzen können, um zurückzukehren, das Bewußtsein entschwundener Literatur, verlorener Musik, entbehrten Theaters – erst in Amerika wurde mir, 21jährig, klar, wie arm Deutschland ist ohne die große Kraft der alten jüdischen Tradition und Welteinsicht.

Henry Kissinger war ein geduldiger Seminarleiter. Er hoffte auf die „junge Generation". Über Widersprüche zu reden und sie auszuhalten, das zu lernen, hatten wir gerade erst angefangen.

Ob Ingeborg Bachmann sich in Amerika so wohl fühlte wie später Uwe Johnson, weiß man nicht. Sie war beeindruckt von dem Tempo des Lebens: „Der Tag war da. In allen Senkrechten und Geraden der Stadt war Leben, und der wütende Hymnus begann wieder, auf die Arbeit, den Lohn und größeren Gewinn. Die Schornsteine röhrten und standen da wie Kolonnen eines wiedererstandenen Ninive und Babylon, und die stumpfen und spitzen Schädel der Gigantenhäuser rührten an den grauen Tropenhimmel, der von Feuchtigkeit troff und wie ein unförmiger ekliger Schwamm die Dächer näßte. Die Rhapsoden in den großen Druckereien griffen in die Setzmaschinen, kündeten die Geschehnisse und annoncierten Künftiges. Tonnen von Kohlköpfen rollten auf die Märkte, und Hunderte von Leichen wurden in den Trauerhäusern manikürt, geschminkt und zur Schau gestellt."

Der gigantische Modernismus erweckte Unbehagen. Man diskutierte David Riesman, „The Lonely Crowd" – „Die einsame Masse"; die empirische Sozialwissenschaft machte „Feldforschung", und der Kinsey-Report über sexuelles Verhalten von Männern und Frauen wurde „mehr gelesen als die Bibel". Amerikanische Verleger interessierten sich für die deutsche Nachkriegsliteratur.

X

Jetzt konnte die Arbeit an einem Hörspiel beginnen, „Der gute Gott von Manhattan". Wie Oswald Döpke von Radio Bremen war auch Clemens Münster vom Bayerischen Rundfunk überzeugt, daß die Poesie Ingeborg Bachmanns eine Dramaturgie enthielt, die sich dem Nichtlesenden, dem Zuhörer sogleich mitteilt. Jahrelang hat die Autorin an diesem Projekt gearbeitet, in Rom, wohin sie zunächst zurückkehrte, später in München.

Im Jahr 1956 erschien im Piper Verlag, München, der Gedichtband „Anrufung des Großen Bären". Geradezu hymnisch reagierte die Kritik auf diese Sammlung, die zweite und letzte. Ihre klare Sprache wurde gelobt, die „Stimme der Jugend", ein „mythisch-zeitloses Weltgefühl".

Schon 1954, als der erste Lyrik-Band erschien, hatte Günter Blöcker, der seine literaturkritischen Ansprüche stets nüchtern und bissig, am deutlichsten in „Literatur als Teilhabe", 1966, ausdrückte, von einem neuen „Stern am deutschen Poetenhimmel" gesprochen, „ein Talent, das sich weder unter die späten Metaphysiker und Verzweiflungsrhapsoden einreihen läßt noch unter die Neopathetiker oder die Naturlyriker ..., sondern das – ein Novum in der Lyrik seit 1945 – seine eigene Kategorie darstellt". Weder die kleidsamen Töne der Resignation seien hier zu finden noch die modischen Nuancen der Melancholie und der Koketterie mit der Verzweiflung, kaum Jargon oder Vulgärsprache, keine Halbseide, keine Drugstore-Poesie. „Ihre Verse sind hart im Klang, kühn und bizarr, doch niemals unorganisch in den Bildern ... Sie hat den Mut, Zeiterscheinungen ganz unmittelbar anzusprechen, in einem lyrischen Plakatstil von hämmernder Eindringlichkeit, wie er seit Brecht in der deutschen Literatur nicht mehr anzutreffen war."

Bertolt Brecht lebte noch. Er hatte den Band „Die gestundete Zeit" in der Hand, nahm wie immer seinen Stift und strich weg oder unterstrich, was ihm treffend schien. Im kurzen Gedicht „Abschied von England" mit den Zeilen „War ich je hier? / Ich wollte nicht gesehen werden" – geschrieben nach Pariser Wochen mit Paul Celan, noch dort „Und in noch Ferneres gestellt" – merkte sich Brecht aus der zweiten Strophe vier Zeilen. Vielleicht wollte er sie so sehen: „Mit Meerhauch und Eichenblatt / hieltst du die Gräser satt; / wagten sich Sonnen heran, / wenn dein Tag begann." Es steht da aber noch: „Alles ist ungesagt."

Doch das Gedicht braucht jede Zeile, wie alle Poesie von Ingeborg Bachmann. Siegfried Unseld erkannte es als die Arbeit an den „Übersetzungen des Sprachlosen in Sprache", jene „Verwandlung", deren strenge Form mit Verzauberung leicht verwechselt wird.

Unseld gesteht ihr Originalität und hohen Rang zu. „Ihr Instrumentierkasten ist gewachsen; die Sprache ist sicherer, klarer geworden, und wieder stehen wir vor einem durch besondere, sensuelle Energien gespeisten lyrischen Ich, das tief zwiespältig ist, nirgendwo beheimatet, immer in Fahrt von Küste zu Küste, grenzgängerisch, naherfahren, auf Unverwandtes aus, doch immer bedacht, das Gewohnte neu zu sehen und die Welt in Einklang mit dem Wort zu bringen."

Helmut Heißenbüttel sah nicht die reine Stimme der Poesie, sondern einen utopischen Entwurf „nach dem

Schrecken" und angesichts der Drohung neuen Unheils, Verzweiflung an der fremd gewordenen, feindlichen Welt: „Nur wer an der goldenen Brücke für die Karfunkelfee / Das Wort noch weiß, hat gewonnen. / Ich muß dir sagen, es ist mit dem letzten Schnee zerronnen."

Dieser Bachmann-Vers wird aufgehoben durch einen anderen Vers mit 5 Wörtern: „Jeder, der fällt, hat Flügel." Oder: „Einmal muß das Fest ja kommen"; und dann die Litanei der Hoffenden im Glauben: „Heiliger Antonius, der du gelitten hast / Heiliger Leonhard, ... Heiliger Vitus ..."

Heißenbüttel sieht das Besondere der Lyrik Ingeborg Bachmanns im „Zusammenhang der bitteren Welterfahrung mit der Erfahrung von der Benennbarkeit des Gegenbildes", Verzweiflung und Hoffnung, beide untrennbar, „ineinanderverwoben wie die Quer- und Längsfäden in einem einzigen Tuch, aufglänzend in ihrer verschiedenartigen Färbung, wenn man sie als unabwendbar Ganzes nimmt. Wahrheit nur, wenn man eins im anderen erkennt."

Der sonst beredte und wendige Hans Egon Holthusen schwieg sich lange aus. 1958 erschien dann im „Merkur" ein großer Aufsatz über die bisherigen Veröffentlichungen, mit ausführlicher Betrachtung einzelner Gedichte aus beiden Bänden. Die „Anrufung des Großen Bären" habe dem lyrischen Ich die Zunge gelöst, „die Klage über das Unheil der Liebe singt sich frei heraus, und die vorher so vorgreifliche, gewissermaßen grundlose Melancholie hat ihren tragenden Grund gefunden." Eine bis dahin leere, aber unentbehrliche Stelle in der Thematik der Dichterin sei ausgefüllt, Klage und Lob, nach Aristoteles die Grundformen der Poesie.

Da hat man also den Anker wieder, an den die meisten

Kritiker sie legen möchten. Marcel Reich-Ranicki zitierte Goethe, der in „Maximen und Reflexionen" schrieb, Künste und Wissenschaft erreiche man durch Denken, Poesie nicht; „denn diese ist Eingebung". Er nannte Ingeborg Bachmann „das lyrische Talent", das seine „Fragestellungen vor allem im Emotionalen verankert".

Die Kritiker also, Männer vor allem, schätzten diese Lyrik, die phantasievollen Bilder, das Thema Verzweiflung. Der starke existentielle Ansatz, der Versuch zu benennen, Worte zu prüfen und sie in dem gemeinten Sinnzusammenhang zu erproben in einer „neuen" unbelasteten Sprache, dies, die Frage ihrer Not, wurde von wenigen verstanden.

Als sie anfing, laut darüber nachzudenken, daß sie keine Lyrik mehr schreiben, sondern sich der Prosa zuwenden wolle, stand nicht nur Adornos „Nach Auschwitz keine Gedichte mehr" wie ein Stein im Weg; es war ihre eigene Erfahrung von Anfang an, ihr Zwiegespräch mit Paul Celan, eine Entscheidung in Mündigkeit für eine andere Sprache.

„Die gestundete Zeit" gab jedem, der wollte, es wieder zu lesen, dieses

„Sieh dich nicht um,
Schnür deinen Schuh,
Jag die Hunde zurück.
Wirf die Fische ins Meer.
Lösch die Lupinen!
Es kommen härtere Tage."

Der Tod und das Leben mit dem Tod, das Leben danach und die Einsamkeit sind Themen dieser Gedichte, immer noch. Sie ist damit nicht allein. Ein Blick in die Literatur nach 1945 zeigt, daß fast alle Schriftsteller der ersten Jahre sich mit dem Tod und dem Grauen und der Heimatlosigkeit auseinandersetzen: „Unbehaust" sei der Mensch, so sagt es ein Titel von Hans Egon Holthusen. Das Motiv ist älter, und Albert Camus zeigt uns mit Blick auf Marcel Proust, daß es darum geht, die *„wiedergefundene* Zeit" gegen die Mächte des Todes und des Vergessens zu setzen.

Ingeborg Bachmann erhielt für „Die Anrufung des Großen Bären" den Literaturpreis der Hansestadt Bremen, der zu Ehren Rudolf Alexander Schröders gestiftet wurde. Der betagte Dichter mochte aber erst im Buch lesen, als er gesehen hatte, daß die Geehrte mit kräftigem Appetit aß und den Realitäten des Lebens offensichtlich zugewandt war.

Lesungen, Reisen folgen. Wir finden sie an vielen Plätzen, auch in Paris, wo sie im alten, nicht allzu noblen Hôtel de la Paix für ein paar Wochen ein Zimmer nahm. Nicht weit entfernt wohnte Paul Celan. Er war inzwischen mit der Graphikerin Gésine de Lestrange verheiratet, und sie hatten einen Sohn.

Ob Ingeborg Bachmann und Paul Celan sich sahen, weiß man nicht. Ingeborg Bachmann dachte über Erzählungen nach, „Das Dreißigste Jahr", das sie selbst ja nun erreicht hatte, oder auch anderes. Ein kryptisches Gedicht entstand, „Hôtel de la Paix" überschrieben.

„Die Rosenlast stürzt lautlos von den
 Wänden,
und durch den Teppich scheinen Grund und
 Boden.

Das Lichtherz bricht der Lampe.
Dunkel. Schritte.
Der Riegel hat sich vor den Tod geschoben.“

XI

Die Rückkehr nach Rom war beschlossen. „Ach, daß die Welt sich entfernte, daß die Welt schwiege!", lesen wir bei Camus. Die Arbeit ging langsam voran, die Honorare blieben aus. Ingeborg Bachmann überlegte, sich für zwei Jahre in eine feste Anstellung zu begeben und nahm das Angebot des Bayerischen Rundfunks an, beim Fernsehen als Dramaturgin zu arbeiten.

Ihre Wohnung, zunächst im Gästehaus der Akademie, dann in der Franz-Josephstr. 9 a in Schwabing. München gefiel ihr nicht, aber sie traf viele Kollegen. Reinhard Baumgart beriet sie als Lektor und beschrieb sie in seiner liebevollen, trockenen Genauigkeit und Sensibilität.

So nahm er die erste Begegnung im dunklen Flur des Piper Verlags als „Vorüberhuschen, Vorüberlächeln und -leuchten" wahr, ehe Ingeborg Bachmann im Zimmer des Verlegers Klaus Piper verschwand. „So zieht ein Komet durchs Fernrohr."

Immer war eine Aura, ein Glanz um sie, schreibt Baumgart und notiert zugleich die spürbare Müdigkeit und Angespanntheit: „Ihre Energie arbeitete ja auch als Bezauberungsenergie und -strategie. Sie kannte nicht nur die Strahlkraft ihrer Texte, sondern setzte auch die ihrer Person ein, und die wirkte noch, wenn sie so düster, weggetaucht aus der Welt auf der Welt saß."

Zauber auch im Spiel um die Macht. Wie um den Zauber wegzuwischen, telegraphiert uns Baumgart von der anderen Seite ihres Bildes. „Sie wollte ans Licht, das sie doch scheute. Sie bewies verblüffende Kraft, Disziplin. List, wenn sie etwas durchsetzen wollte und schien doch wieder hilflos und verloren in der Welt der Praxis, der Mittel und Zwecke." Das Verlieren der Manuskript-Seiten, Theaterkarten, Schlüssel, die versagende Stimme, die im richtigen Moment wieder da war, „textbewußt"; ihre souveränen Auftritte, leicht und hell, wie im Gespräch mit dem blondgelockten jungen Joachim Kaiser, der damals so hinreißende Feuilletons in der Süddeutschen Zeitung schrieb; „zwei tändelnde Engel" für Reinhard Baumgart.

Und dann war da noch Maria Callas, „Lucia di Lammermoor" – auch ich habe die Platte aufgelegt, bis sie zerkratzt war. Diese primadonna assoluta, schreibt Baumgart, die auch zum „Äußersten" ging. Ingeborg Bachmann hatte Maria Callas ein Jahr zuvor in der Mailänder Scala gehört, später schrieb sie ihr eine Hommage, in der es heißt:

„Maria Callas ist kein ‚Stimmwunder', sie ist weit davon entfernt, oder sehr nah davon, denn sie ist die einzige Kreatur, die je eine Opernbühne betreten hat. Ein Geschöpf, über das die Boulevardpresse zu schweigen hat, weil jedes seiner Sätze, sein Atemholen, sein Weinen, seine Freude, seine Präzision, seine Lust daran, Kunst zu machen, eine Tragödie, die zu kennen im üblichen Sinn nicht nötig ist, evident sind."

Die Callas in „La Traviata" schien Ingeborg Bachmann „groß im Haß, in der Liebe, in der Zartheit, in der Brutalität, sie ist groß in jedem Ausdruck, und wenn sie ihn verfehlt, was zweifellos nachprüfbar ist in manchen Fällen, ist sie noch immer gescheitert, aber nie klein gewesen."

Scheitern, ja, sinniert Baumgart hinterher, nie kleinlich, ohne Risiko schreiben, „mit diesem Programm sollte ich es zu tun bekommen, als Lektor ihres ersten Erzählungsbandes".

Seine Arbeitsmühen haben ihren Lohn in der Prosa, die da entstand. Die merkwürdigen Erinnerungsstücke aus täglichem Miteinander, die Rollen, die der Verleger, er selber, andere Personen dabei spielen, ziehen einen mitten hinein in die Szene, in die Räume des Piper Verlags, die ich so oft durchmessen habe. Und auch M. und S. hätte ich an jedem Ort wiedererkannt.

Über zwei Jahre hat die Arbeit an den Erzählungen des Bandes „Das Dreißigste Jahr" gedauert, nur die Korrekturen, das Weglassen und Wiederhineinnehmen, das „zum Äußersten"-Gehen, die „Entgrenzung des Erzählens bis zum Gesang". Ein zäher Kampf ums Detail. Reinhard Baumgart sah sich zuständig „für die Ausnüchterung aller Himmelfahrtstendenzen der Texte". Worte, Zeilen, Szenen, Figuren, die sich zu hoch verstiegen hatten, mußten wieder zurückgeholt werden ins irdisch Konkrete. „Geht das wirklich?" – „Ist das unmöglich?" „Darf man das so sagen?" So fragte die Autorin Bachmann ihren Lektor, der dazu sagte: „Schön Gedachtes, aber falsch Geschriebenes konnte sie diskutieren mit vollkommener Sachlichkeit, ohne jede eitle Bindung ans eigene Hervorgebrachte. An keinem Autor – mich selbst eingeschlossen – habe ich je eine solche schmerzfreie, ungekränkte Einsichtigkeit bei der Korrektur eines Textes erlebt. Sie konnte, nach einigem Zögern und Überlegen, Verbesserungen geradezu genießen. Diese entscheidungsfreudige, konzentrierte, allem Narzißmus entwachsene Person, mit der ich zusammenarbeitete, das war nicht mehr die Dame, das Weltwaisenkind, dem jedes Taschentuch, jede Flugkarte entgleiten konnte – das war, wie ich damals noch nicht wußte, Malina, der in Ingeborg Bachmann verborgene und nüchtern waltende, entschlossen handelnde Mann."

XII

Sie wird mir doch nicht abhanden kommen, umringt wie sie ist von so vielen Personen, von Literaten, Kritikern, Verlegern, Professoren, Prominenz?

Peter Hamm kommt hinzu, der als Schüler aus der Enge seines Weingartner Gymnasiums ausbrach, um Ingeborg Bachmann lesen zu hören. Und er wagte sich in jugendlicher Verehrung vor, erhielt Antwort, ganz unkompliziert. Es war der Beginn einer Freundschaft. In seiner schönen Rede zum 60. Geburtstag von Ingeborg Bachmann erzählt er von Begegnungen in Italien, der Schweiz und anderswo, anrührend offen, brüderlich und mit der Achtsamkeit des Nachdenklichen. Über Ingeborg Bachmann zu reden heißt, sich selber in Beziehung zu setzen zu der „Hölle", in der sie auch Sylvia Plath sah, zu den Verdammten, Gezeichneten, Märtyrern, die am Wahnsinn dieser Welt leiden.

Peter Hamm „brauchte ihr Unglück", damals, 1953, in den Nöten des Heranwachsens. „Ihr Unglück und ihren Glanz, den sie aus diesem Unglück bezog. Ein Unglück kommt selten allein. Mir kam ihres bekannt vor. Aber ihr Glanz war mir sehr fremdartig, dem konnte man nur erliegen, in der verzweifelten Hoffnung, es fiele auf einen selbst im Erliegen so etwas wie ein Abglanz davon."

Und er zitiert eines der unbarmherzigsten Gedichte Ingeborg Bachmanns, unbarmherzig auch im Zurückweisen von Hoffnungslosigkeit.

„Und ich gehör dir nicht zu.
Beide klagen wir nun.
Aber wie Orpheus weiß ich
auf der Seite des Todes das Leben
und mir blaut
dein für immer geschlossenes Aug."

Diese Frequenz habe er gebraucht, sagt Peter Hamm. „Den Hochmut der Verzweiflung brauchte ich ... Den Heiligen-Hochmut."

Doch auch ihren Mut brauchte er, genauso wie ich ihn brauchte, „den Mut, mit dem sie mit ‚unserer Gottheit, der Geschichte' abrechnete", von der sie wußte, sie hat uns „ein Grab bestellt, aus dem es keine Auferstehung gibt".

Sie lebte ja auch von den „Selbstbehauptungen, die nicht oder noch nicht wahr sind", wie Ernst Bloch so tröstlich die zu weit gehenden Schritte der Phantasie nannte, eigene Spuren, an denen man dann in der Realität oft vorbeitappt, wenn sie sich nicht in weiter Ferne verlieren.

Ihre Utopie war eine andere als die der Revolution; diese Utopie, in den Affektzeiten der Geschichte, zu denen Karl Jaspers und Alfred Weber das erste Jahrzehnt nach dem Krieg rechneten, offen, beständige Frage, nicht umrissene Konstruktion. Hatte nicht auch Friedrich Nietzsche schon von der „neuen Seele" geträumt und ihr Zugrundegehen betrauert mit dem poetischen Aufruf: „Sie hätte *singen* sollen, die neue Seele, nicht reden."

Ingeborg Bachmann sang: „Doch das Lied überm Staub danach, / wird uns übersteigen."

Auch dazu gehörte Mut: das Lied zu wagen, das Singen, uralte Form aus den Verhöhungen zu retten, die Nationalismus und Hitlerei und politische Verdrehung ihr antaten.

Peter Hamm sagt es anders, an Kierkegaard erinnernd – „Eines Dichters Leben beginnt in dem Streit mit dem ganzen Dasein" – und an jenes „Außer sich sein" der Heiligen, das „numinose" der Alten: „wer erkannt hat, daß alles Dichten, das diesen Namen verdient, wie ein Singen in der Löwengrube oder ein Singen im Feuerofen ist, also gleichermaßen Todesfurcht wie Zuflucht und Hoffnung auf Erlösung, der wird kaum mehr – wie es heute üblich ist – gegen Pathos polemisieren oder gegen einen feierlichen Ton. Zum *Künstler als Märtyrer,* wie ihn Ingeborg Bachmann verstand, gehört jedenfalls der hohe Ton."

Paul Celan und Ingeborg Bachmann haben diesen Ton angeschlagen. Allen Unkenrufen zum Trotz. Sie haben sich verausgabt bis zum Zugrundegehen ihrer lyrischen Ausdrucksfähigkeit, die sie sich schließlich selbst versagten. Sprachlosigkeit und Stummheit nannte Ingeborg Bachmann „unsere reinsten Zustände".

Das Nachrufen, es sei zu früh gewesen, daß sie aufhörte zu dichten, noch hätte sie Sprache gehabt und Bilder und „Äußerstes" wäre ihr noch immer möglich gewesen, tröstet uns nicht. Peter Hamm hat das deutlich gesehen. Immer noch glänzt die unerhörte Helligkeit in dem großen Gedicht: „An die Sonne":

„Schöner als der beachtliche Mond und sein
 geadeltes Licht,
Schöner als die Sterne, die berühmten Orden der
 Nacht,
Viel schöner als der feurige Auftritt eines
 Kometen

Und zu weit Schönrem berufen als jedes andre Gestirn,
Weil dein und mein Leben jeden Tag an ihr hängt, ist die Sonne.

Schöne Sonne, die aufgeht, ihr Werk nicht vergessen hat
Und beendet, am schönsten im Sommer, wenn ein Tag
An den Küsten verdampft und ohne Kraft gespiegelt die Segel
Über dein Aug ziehn, bis du müde wirst und das letzte verkürzt.

Ohne die Sonne nimmt auch die Kunst wieder den Schleier,
Du erscheinst mir nicht mehr, und die See und der Sand,
Von Schatten gepeitscht, fliehen unter mein Lid.

Schönes Licht, das uns warm hält, bewahrt und wunderbar sorgt,
Daß ich wieder sehe und daß ich dich wiederseh!
Nichts Schönres unter der Sonne als unter der Sonne zu sein …

Nichts Schönres als den Stab im Wasser zu sehn und den Vogel oben,
Der seinen Flug überlegt, und unten die Fische im Schwarm,

Gefärbt, geformt, in die Welt gekommen mit einer Sendung von Licht,

Und den Umkreis zu sehn, das Geviert eines
Felds, das Tausendeck meines Lands.
Und das Kleid, das du angetan hast. Und dein
Kleid, glockig und blau!

Schönes Blau, in dem die Pfauen spazieren und
sich verneigen,
Blau der Fernen, der Zonen des Glücks mit den
Wettern für mein Gefühl,
Blauer Zufall am Horizont! Und meine
begeisterten Augen
Weiten sich wieder und blinken und brennen sich
wund.

Schöne Sonne, der vom Staub noch die größte
Bewunderung gebührt,
Drum werde ich nicht wegen dem Mond und den
Sternen und nicht,
Weil die Nacht mit Kometen prahlt und in mir
einen Narren sucht,
Sondern deinetwegen und bald endlos und wie um
nichts sonst
Klage führen über den unabwendbaren Verlust
meiner Augen."

Hans Magnus Enzensberger erscheint in ihrem Umfeld, einer von den scharfzüngigen Engeln, die vorbeischweben und wichtige Worte hinterlassen. Martin Walser kommt hinzu. Ihn erinnerte der Vortrag von Ingeborg Bachmann an den hohen Singsang der rosenkranzbetenden Frauen in der Pfarrkirche von Wasserburg. Es war nicht so schnoddrig gemeint, wie es daherkam. Die Wasserburger Kirche ist würdig, und das unisono Anstimmen hat für sich etwas Feierliches. Man muß auf den Text nicht achten, und vielleicht tat Walser das auch nicht im Fall Ingeborg Bachmann.

Der Versuch, im Hörspiel „Der gute Gott von Manhattan" die Schichtungen dieser einen Stimme aufzulösen in Dialoge, überirdische Weisungen, vermittelnde Sätze war ein großer Erfolg – ein Verfahren, das dem der Libretti nicht unähnlich ist, wenn auch der Radiohörer alle gesagten Worte hintereinander vernimmt.

Der Schweizer Schriftsteller Max Frisch, bekannt als Architekt wie als Dramatiker, schrieb Ingeborg Bachmann einen Brief, der sie freute, denn dieses Lob kam unvoreingenommen von kompetenter Seite. Im Sommer 1958 lernte sie ihn in Paris kennen. Sie hatte vor, mit Kuno Raeber Frischs Gastspiel „Der Biedermann und die Brandstifter" zu besuchen. Max Frisch fand das überflüssig und überredete sie, mit ihm im Café Châtelet sitzen zu bleiben.

Das war der Beginn einer mehr als vierjährigen Liebes- und Leidesbeziehung. Ingeborg Bachmann folgte Max Frisch nach Zürich. Er wohnte in Ütikon am See, sie arbeitete im Gottfried Keller-Haus weiter an ihren Prosatexten, umgezogen mit allen Papieren, der Schreibmaschine und dem Berg an Sachen, die jeder in hoffnungsvolle Zukunft mitnimmt.

Viele Erfolge waren ihr beschieden in dieser Zeit. Sie wurde zum Mitglied der Deutschen Akademie für Sprache und Dichtung gewählt, eine Ehre, die ihr ungewöhnlich früh zuteil wurde, doch die sehr renommierte Nachkriegseinrichtung in Darmstadt suchte die Verbindung zwischen Exilliteratur und den jungen Autoren.

Hans Werner Henze hatte ihre beiden Gedichte „Im Gewitter der Rosen" und „Freies Geleit" vertont. Ingeborg Bachmann war bei der Uraufführung während der Donaueschinger Musiktage zugegen. Auch später noch besuchte sie die Aufführungen von Henzes Musik. Musik sei für sie mehr als Schreiben, sagte sie immer noch, und: ohne Musik könne sie nicht leben.

Theodor W. Adorno trat in ihr Leben und damit nicht nur die Kulturkritik par excellence, sondern vor allem Musikinterpretation. „Die wehmutsvollen, halb süßen und halb schmerzlichen Empfindungen, die die Musik uns einflößt, wir wissen nicht wie, was sind sie dann anders, als die geheimnisvolle Wirkung des wechselnden Dur und Moll?" – das war Heinrich Wackenroder zur Musik von Franz Schubert, der Sprache und Musik in Einklang gebracht hatte, „gesungene Sprache" im äußersten Maß.

Adornos „Philosophie der neuen Musik" mußte sie interessieren, da sie während des Studiums sich mit Rudolf Carnap befaßt hatte, der die Verbindung zwischen Philosophie und Musik sehr eng sah und schließlich Metaphysik und Musik gleichsetzte. Wenn das kein Thema war?

Zürich war, so scheint es, ein Ort fürs Arbeiten, für Begegnungen mit einem Bahnhof zum Abreisen. Sie hatte eine eigene Wohnung dort.

Sie traf auch Paul Celan wieder. Sie kamen zusammen, mit Hans Rudolf Hilty, Max Frisch und anderen, um Nelly Sachs zu feiern, die aus Schweden gekommen war und weiter nach Meersburg fahren wollte. Beide, Ingeborg Bachmann und Paul Celan, verehrten diese große Dichterin, die jetzt den Annette von Droste-Hülshoff-Preis erhielt. Celan hinterließ ein kleines Gedicht über sein Hotel „Zum Storchen", eine Literaten- und Künstlerherberge fürwahr. Das Abendessen mit Nelly Sachs fand in der berühmten „Kronenhalle" statt. Ingeborg Bachmann dichtete danach *„Ihr Worte* – Für Nelly Sachs, die Freundin, die Dichterin, in Verehrung". Sie schickte den Text auch nach Paris an Paul Celan:

„Ihre Worte, auf, mir nach!
und sind wir auch schon weiter,
zu weit gegangen, geht's noch einmal
weiter, zu keinem Ende geht's.

Es hellt nicht auf.

Das Wort
wird doch nur
andre Worte nach sich ziehn,
Satz den Satz.
So möchte Welt,
endgültig,
sich aufdrängen,
schon gesagt sein.
Sagt sie nicht.

Worte, mir nach,
daß nicht endgültig wird
– nicht diese Wortbegier
und Spruch auf Widerspruch!

Laßt eine Weile jetzt
keins der Gefühle sprechen,
den Muskel Herz
sich anders üben.

Laßt, sag ich, laßt.
Ins höchste Ohr nicht,
nichts, sag ich, geflüstert,
zum Tod fall dir nichts ein,
laß, und mir nach, nichts mild
noch bitterlich,
nicht trostreich,
ohne Trost
bezeichnend nicht,
so auch nicht zeichenlos –

Und nur nicht dies: das Bild
im Staubgespinst, leeres Geroll
von Silben, Sterbenswörter.

Kein Sterbenswort,
Ihr Worte!"

Sie fordert auf, befiehlt den Worten, schimpft sie am Ende „Wörter", sie beherrscht sie ganz und gar. Zwar ist die Anweisung vage, nachfolgen sollen sie, die Worte, doch „nicht mild, noch bitterlich", „nicht trostreich, ohne Trost", ganz in der Attitüde der Wiener Melancholie der Unentschiedenheit. Doch ist dies nicht die Ohnmacht des Sagenden, dem die Worte entschwinden.

Ein Buch mit Worten möchte Jan im Hörspiel „Der Gute Gott von Manhattan" haben. Es ist die Geschichte einer unendlichen Liebe, die mit einem Mord endet. Jan will erfahren, was in Jennifer vor sich geht, alles, alles möchte er wissen und schauen. Sie klagt über das Ende der Zeit. „Ich möchte ein Ende mit dir, ein Ende. Und eine Revolte gegen das Ende der Liebe in jedem Augenblick und bis zum Ende ..." Jan: „Ich will dich jetzt nicht verlassen, betrügen in Traumwelten und mich betrügen lassen in Schlafwelten. Ich will, was noch niemals war: kein Ende ... Die Gegenzeit beginnt."

Es kann nicht gut ausgehen, der Hörer spürt es. Dabei hatte alles geradezu übermütig angefangen. Diese herrliche Beschreibung von Manhattan, der gute Gott gibt sie selbst: „Und die Menschen fühlten sich lebendig, wo immer sie gingen, und dieser Stadt zugehörig – der einzigen, die sie je erfunden und entworfen hatten für jedes ihrer Bedürfnisse. Die Stadt der Städte, die in ihrer Rastlosigkeit und Agonie jeden aufnahm und in der alles gedeihen konnte. Alles."

Auch, was der Richter dann feststellt: Verbrechen. Mord. Der Gute Gott: „Ich dachte an noch etwas anderes."

Er denkt an Kampf gegen die Anarchie der Liebe, gegen Freiheit, er denkt an „eine Ordnung für alle und alle Tage, in der gelebt wird jeden Tag", und er glaubt an eine große Konvention und an ihre große Macht, in der alle Gefühle und Gedanken Platz haben. „Die Liebe ist auf der Nachtseite der Welt."

Die Liebe verliert ihre Sprache. „Kein Sterbenswort" – ist das die Wahrheit, die zu zweit beginnt? Oder das „philosophische Staunen"?

Immerhin gibt es Rom, eine gemeinsame Wohnung mit Max Frisch, ein Hin und Her zwischen Zürich und Rom und schließlich nur noch Rom.

Die „Poetik-Vorlesungen" des Winters 1959/60, von der Universität Frankfurt zum ersten Mal arrangiert, gestiftet vom Suhrkamp Verlag, gaben Ingeborg Bachmann Gelegenheit, ihre Arbeit zu überdenken, auch den Entschluß, keine Lyrik mehr zu schreiben. Ein Teil dieser Vorlesungen entstanden in der Frankfurter Wohnung von Theodor W. Adorno.

Die fünf Vorlesungen handeln vom Umgang mit Sprache. Damit ist das Handwerkliche selbstverständlich gemeint, vor allem aber Sprachphilosophie, der Entwurf einer „neuen Sprache", die nicht sein kann ohne einen neuen Geist: „Mit einer neuen Sprache wird der Wirklichkeit immer dort begegnet, wo ein moralischer, erkenntnishafter Ruck geschieht, und nicht, wo man versucht, die Sprache an sich neu zu machen, als könnte die Sprache selber die Erkenntnis eintreiben und die Erfahrung kundtun, die man nie gehabt hat."

Diese neue Sprache hat noch nie „regiert", sie schöpft aus „Ahnungen". Sie ist „Nachahmung eben dieser von uns erahnten Sprache, die wir nicht ganz in unseren Besitz bringen können. Wir besitzen sie als Fragment in der Dichtung, konkretisiert in einer Zeile oder einer Szene und begreifen uns aufatmend darin als zur Sprache Gekommene."

Das ist die Summe ihrer Erfahrungen seit Heidegger, eine Denkanstrengung, die von den Frankfurter Studenten nicht recht verstanden wurde. Sie hatten offenbar Konkreteres, Literaturgeschichte oder Plaudereien aus der Werkstatt des Dichters erwartet.

Auch das bot Ingeborg Bachmann, dazu Kritikerschelte und ironische Bemerkungen gegen die gängigen Vorstellungen vom Schönen.

Die „neue Sprache", das heißt auch Verantwortung im sozialen Miteinander. Ingeborg Bachmann unterschrieb, zusammen mit anderen prominenten Künstlern und

Schriftstellern, auch Freunden aus der Gruppe 47, Aufrufe gegen Atomwaffen und Aufrüstung.

Ihr früherer Wiener Mentor Hans Weigel war einer der ersten, die sich darüber aufregten. In einem Brief bat er Ingeborg Bachmann, sich in ihrem Gastland aller politischen Aktivitäten zu enthalten, was sie nicht tat.

Die Gruppe 47 war inzwischen gewachsen: Ruth Rehmann gehörte dazu, Ingrid Bachér, Günter Grass, Uwe Johnson, mit dem Ingeborg Bachmann sich sofort anfreundete. Sie wagte sogar, wegen eines Spaziergangs mit Johnson der Sitzung für ein paar Stunden fernzubleiben.

Die ersten Bücher von Heinrich Böll und Günter Grass waren erschienen. Westeuropäische und amerikanische Literaturseiten der großen Zeitungen berichteten über die neue deutsche Literatur, auch in Frankreich nahm man Notiz davon, während in England erst 1959 „Times Literary Supplement" mit einer Sondernummer über die Gruppe und deutsche Schriftsteller nach dem Krieg herauskam.

Ingeborg Bachmann war politisch engagiert. Gerade das zählte, daß sie zur Wachheit aufrief.

Geschichte blieb ihr auf den Fersen, wo immer sie hinkam und wen immer sie traf: Erich Fried in London, gebürtig aus Wien, emigriert, um sein Leben zu retten, Ernst Bloch und Hans Mayer in Leipzig auf einem Lyrik-Symposion, an dem sie zusammen mit Walter Jens und Hans Magnus Enzensberger teilnahm, Uwe Johnson, der aus der DDR gekommen war mit seinem Manuskript „Mutmaßungen über Jakob", Peter Huchel.

Politisches war anwesend, wenn sie mit Russen und Polen und Tschechen und Slowenen sprach, wenn sie die Charta des PEN unterschrieb, jener internationalen

Vereinigung von Schriftstellern, die nach dem Ersten Weltkrieg gegründet worden war mit der Idee, durch Literatur zur Verständigung der Völker beitragen zu können, Frieden durch Sprache, Gemeinsamkeit statt Trennung. Der Mitbegründer Anatole France wollte der „Ahnung von der Unzulänglichkeit des Glücks" die Hoffnung auf Frieden entgegensetzen.

War Schreiben nicht von vorneherein politisch? Und war nicht auch das ein politischer Akt, als sie, wie auch Paul Celan, Martin Heidegger ein Gedicht für seine Festschrift zum 75. Geburtstag verweigerte? Wenn sie ihn schon nicht hatte „stürzen" können in jugendlicher Selbstüberschätzung, so wenigstens jetzt ein Zeichen der Ablehnung? Heidegger hatte ihre Dissertation gelesen.

Der „Ruck" der Erkenntnis, der Augenblick, das „Plötzliche" bei Platon, dieser Moment, auf den in der Musik alles zuläuft, war ihr in die Seele gefahren; der „Ruck" erfaßt den ganzen Menschen, auch das politische Subjekt. Und davor kann man nicht zurück.

XIII

Aber Schriftsteller dürfen nicht zu Politikern werden. Darin waren sich Ingeborg Bachmann und Max Frisch einig. Als Frisch im selben Jahr 1958 den Georg Büchner-Preis für sein Werk erhielt, betonte er in seiner Dankesrede: „Wir können das Arsenal der Waffen nicht aus der Welt schreiben, aber wir können das Arsenal der Phrasen, die man hüben und drüben zur Kriegsführung braucht, durcheinanderbringen, je klarer wir als Schriftsteller werden, je konkreter nämlich, je absichtsloser in jener bedingungslosen Aufrichtigkeit gegenüber dem Lebendigen, die aus dem Talent erst den Künstler macht." Alles Lebendige sei Widerspruch, folgerte er. Auch hielt er nicht viel davon, daß Schriftsteller sich an politischen Demonstrationen, Aktionen oder Briefmahnungen beteiligten, um Politikern ihre Meinung nachdrücklich plausibel zu machen, wenn sie danach wieder an ihre einsamen Schreibtische zurückkehren. Der Schreibtisch sei genug, und was man da verrichte, müsse der Öffentlichkeit ausreichen.

Sie waren sehr verschieden, Ingeborg Bachmann und Max Frisch. Er, der die Architektur als eine Möglichkeit gesehen hatte, auch die Gesellschaft zu verändern, der bauen wollte für eine *neue* Gesellschaft, wofür ein Plan, ja ein Plan notwendig war, er lebte seine Tage mit Genauigkeit, jeden Morgen, sofern er zu Hause war und nicht durch Termine festgelegt, früh am Schreibtisch. Stund um Stunde, und zumindest Notizen, Skizzen, Entwürfe kamen dabei heraus.

Er liebte den großen leeren Raum. Im Juli 1949 hatte

er ein Zimmer auf Sylt gemietet, in Kampen: „Endlich ein Arbeitszimmer, wie man es sich wünscht: groß und licht, bequem auf eine nüchterne Art, zwei Fenster hinaus auf das Wattenmeer, viel Platz zum Gehen, wo man Papiere ausbreiten kann, Entwürfe, alte und neue. Briefe, Becher, Muscheln und Seesterne, Ketten von trockenem Tang – ich bin schon die dritte Woche in diesem lieben Haus – und draußen flötet der Wind, Regen prasselt gegen die Scheiben, die vom Anfall des Windes zittern, Wolken jagen über das Uferlose. Man sitzt und schaut, ganz sich selber ausgesetzt."

In Rom installierte sich Max Frisch an einem großen Schreibtisch. Ingeborg Bachmann brauchte nicht die leere Fläche und nicht das Nüchterne und nicht die Weite. Sie hatte den Ausblick auf den protestantischen Friedhof geliebt und ihren „Kummer dazugeworfen. Wer sich abmüht, die Erde aufzukratzen, findet den der anderen darunter. Für den Friedhof, der an der Aurealischen Mauer Schatten sucht, sind die Scherben auf dem Tastaccio nicht gezählt, aber gering. Er hält sich eine große Wolke wie eine Muschel ans Ohr und hört nur mehr einen Ton. In den sind eingegangen ‚One whose name was writ in water', und neben Keats' Versen eine Handvoll Verse von Shelly. Von Humboldts kleinem Sohn, der am Sumpffieber starb, kein Wort. Und von August von Goethe auch kein Wort."

Sie brauchte die nächtlichen Figuren aus Dantes Hölle und den Reigen der „Riesen, auf deren Schultern wir wie Zwerge sitzen". Auch Giordano Bruno, der fromme, tapfere Kluge aus fernen Zeiten, der auf dem Campo di Fiori als Ketzer verbrannt wurde und um dessen Statue herum Blumen, Obst und Gemüse feilgeboten werden. Und sie sah die Spuren des Krieges in den Gesichtern der

Menschen, und manchmal, wenn sie auf die Straße trat, begegnete ihr der Wahnsinn dieser Welt.

In der Dankrede für den Hörspielpreis der Kriegsblinden, mit dem „Der Gute Gott von Manhattan" ausgezeichnet wurde, sagte sie, es könne nicht die Aufgabe des Schriftstellers sein, den Schmerz zu leugnen, seine Spuren zu verwischen, über ihn hinwegzutäuschen. „Er muß ihn, im Gegenteil, wahrhaben und noch einmal, damit wir sehen können, wahrmachen. Denn wir wollen alle sehend werden. Und jener geheime Schmerz macht uns erst für die Erfahrung empfindlich und insbesondere für die Wahrheit."

Es ging darum, zu begreifen, was nicht zu sehen ist, die „Fühler ausgestreckt" und auf das Du gerichtet. Das Hörspiel suchte Antworten auf Fragen nach der Liebe und nach der Gestalt der Welt, „Liebe zwischen Mann und Frau und was sie ist und wie sie verläuft und wie wenig oder wieviel sie sein kann".

Das war das Thema ihres Herzens. Sie verband es mit der Frage, die sie in angestrengtesten Momenten zugleich quälte und erhob, die Frage nach dem Äußersten, dem Letztmöglichen, die Frage nach den Grenzen und ihrer Überschreitung. So enthält diese Rede an die Kriegsblinden die berühmt gewordene Passage: „Nun steckt aber in jedem Fall, auch im alltäglichsten von Liebe, der Grenzfall, den wir, bei näherem Zusehen, erblikken können und vielleicht uns bemühen sollten, zu erblicken. Denn bei allem, was wir tun, denken und fühlen, möchten wir manchmal bis zum Äußersten gehen. Der Wunsch wird in uns wach, die Grenzen zu überschreiten, die uns gesetzt sind. Nicht um mich zu widerrufen, sondern um es deutlicher zu ergänzen, möchte ich sagen: Es ist auch mir gewiß, daß wir in der Ordnung bleiben müssen, daß es den Austritt aus der Gesellschaft nicht gibt und wir uns aneinander prüfen müssen. Innerhalb der Grenzen aber haben wir den Blick gerichtet auf das Vollkommene, das Unmögliche, Unerreichbare, sei es der Liebe, der Freiheit oder jeder reinen Größe. Im Widerspiel des Unmöglichen mit dem Möglichen erweitern wir unsere Möglichkeiten. Daß wir es erzeugen, dieses Spannungsverhältnis, an dem wir wachsen, darauf, meine ich, kommt es an; daß wir uns orientieren an einem Ziel, das freilich, wenn wir uns nähern, sich noch einmal entfernt.

Wie der Schriftsteller die anderen zur Wahrheit zu ermutigen versucht durch Darstellung, so ermutigen ihn die anderen, wenn sie ihm, durch Lob und Tadel, zu verstehen geben, daß sie die Wahrheit von ihm fordern und in den Stand kommen wollen, wo ihnen die Augen aufgehen. Die Wahrheit nämlich ist dem Menschen zumutbar."

Das ist etwas anderes als Goethes „Einmal lebt ich wie Götter, und mehr bedarf's nicht." Den Grenzfall der Liebe haben Ingeborg Bachmann und Max Frisch nicht ausgehalten. Sie trennten sich, fanden dann wieder zusammen und trennten sich endgültig nach 1963. Es waren dennoch arbeitsame Jahre für beide, mit Reisen, Besuch von Freunden, auch heiterer Bewegung zu genüßlichem Tun, gut Essen irgendwo zum Beispiel, nein, gewiß nicht irgendwo, sondern „im Dolder", „in der Kronenhalle".

Max Frisch, der Weltenbummler, verglich Kontinente wie andere die heimischen Kräuter. Und er forderte seinen Mitmenschen wie den Zuschauern etwas ab: das Mitdenken und Weiterdenken. Wenn jemand, nachdem er ein Frisch-Stück gesehen hat, „von dieser Stunde an ohne eigene Antwort nicht mehr leben" könne, dann sei es gut gewesen.

Ingeborg Bachmann übersetzte Gedichte des großen Lyrikers Giuseppe Ungaretti, der damals an die 75 Jahre alt war und in Rom lebte. Er war in Ägypten geboren und aufgewachsen, war an allen Künsten interessiert, ein Ruheloser zwischen den großen Städten. In Paris war er mit Picasso, Appolinaire, Max Jacob und Henri Bergson befreundet gewesen. Die „force vitale" des Expressionismus jener ersten Jahrzehnte dieses Jahrhunderts rettete er in sein Alter hinüber. „Sereno" ist ein Gedicht überschrieben, „Heiter". Ingeborg Bachmann übersetzt es kongenial:

„Nach soviel
Nebel
enthüllen sich
einer
um den andern
die Sterne

Ich atme
die Frische
aus der Farbe
des Himmels
Ich begreife mich
ein flüchtiges Bild

Hinter ein unsterbliches
Licht geführt"

Ungaretti war seiner Übersetzerin ein Beispiel für die „fortgesetzte Suche nach einem störungsfreien Hervortreten des Wesentlichen an einem Gedicht, nach Klangbefriedigung, nach dem genauesten, natürlichsten Ausdruck". Darum war ihm auch die Form kein feststehendes Raster. Er verlange, sagte Ungaretti selbst zu seinen Gedichten, daß die Form den Veränderungen seines Gemüts entspricht. Nur so könne Vollkommenheit entstehen.

Die Arbeit an eigenen neuen Texten scheint schwerer gewesen zu sein als das Reisen, das Wohnen in Rom mit Gästen und Theater und einem Max Frisch, der von sich sagte, er belehre zu viel, und: Ingeborg Bachmann hat früher einmal – prinzipiell – geäußert, sie würde gerne heiraten und sie hätte auch gerne Kinder, ein normales Leben. Als Max Frisch ihr den Vorschlag machte zu heiraten, verstummte sie. „Ihre Freiheit gehörte zu ihrem Glanz. Die Eifersucht ist der Preis von meiner Seite; ich bezahle ihn voll", schrieb Frisch in sein Tagebuch. Er taugte nicht zum Mantelhalter und zum stummen Begleiter, wenn sie mit anderen Männern parlierte.

Sie ertrug vieles nicht. Der Literaturkritiker Franz Schonauer kam von einem Besuch in Rom zurück und erzählte uns: Ingeborg Bachmann und Max Frisch saßen einen ganzen Vormittag und den halben Nachmittag beieinander, das Frühstück noch auf dem Tisch, und sprachen über den Prosatext, den sie schreiben wollte, über die leidigen Probleme des Anfangs und gerade dieses Anfangs. Endlich glaubte er, er habe sie überzeugt: so wird es gut, jetzt hast du's! Ingeborg Bachmann ging in ihr Zimmer. Er hörte stundenlang nichts und dachte bei sich: sie schreibt. Schließlich schaute er vorsichtig herein. Da lag sie bäuchlings auf ihrer Couch und las einen Krimi.

Wir lachten. Franz Schonauer aber sagte, die beiden haben nicht gelacht.

Ingeborg Bachmann hatte ein Tagebuch gefunden, das er während eines Krankenhausaufenthaltes geschrieben hatte. Sie las es, las darin über sich und über ihn, und sie fürchtete wieder, wie in „Mein Name sei Gantenbein", Objekt seiner Beobachtung zu sein. Sie verbrannte das Heft.

„Das Ende haben wir nicht gut bestanden", sagte Max Frisch. Ingeborg Bachmann hatte keinen solchen lapidaren Satz. Ihr „erstgeborenes Land" war verloren:

Das erstgeborene Land

In mein erstgeborenes Land, in den Süden
zog ich und fand, nackt und verarmt
und bis zum Gürtel im Meer,
Stadt und Kastell.

Vom Staub in den Schlaf getreten
lag ich im Licht,
und vom ionischen Salz belaubt
hing ein Baumskelett über mir.

Da fiel kein Traum herab.

Da blüht kein Rosmarin,
kein Vogel frischt
sein Lied in Quellen auf.

In meinem erstgeborenen Land, im Süden
sprang die Viper mich an
und das Grausen im Licht.

O schließ
die Augen schließ!
Preß den Mund auf den Biß!

XIV

Ingeborg Bachmann blieb allein in Rom zurück. Es war einer der vielen Abschiede, die sie wollte und nicht wollte, verzweifelt über die Trennung. Und schwer zu ertragen waren die laut und wisperhaft geäußerten Nachreden in der Presse, in der Gruppe 47. Bekannte und Freunde wußten Rat und hatten Meinungen, nicht wirklichen Trost.

Viele hatten die Auseinandersetzungen mitbekommen, hatten zur einen oder anderen Seite gesprochen. Treue erfuhr sie und zärtliche Fürsorge. Toni Kienlechner war da, mit ihr zu wandern, was ihr immer geholfen hatte in schwierigen Momenten. „Bože moj!", – „mein Gott", es ging ihr schlecht.

Einige Biographen, so der Germanist Peter Beicken, glaubten, in der Erzählung „Montauk" von Max Frisch die Spuren der Beziehung zu finden. Beicken unterstellt Ingeborg Bachmann die Klage: „Ich habe nicht mit dir gelebt als literarisches Material, ich verbiete es, daß du über mich schreibst."

Max Frisch aber hat zu Recht gesagt, Fiktion sei mehr als Tarnung von Autobiographie. Wir müssen die Aussagen des Erzählers in „Montauk" oder in „Mein Name sei Gantenbein" literarisch auffassen und nicht wie ein privates Tagebuch lesen. Erfahrungen sind darin verarbeitet, zweifellos, und Leiden, ohne die solche Figuren nicht glaubhaft gezeichnet werden können. Das gilt auch für Ingeborg Bachmanns Erzählungen, „Der Fall Franza", in der Leo Jordan, „Psychotherapeut in Verantwortung", das Verhalten und die Gefühle seiner Frau analysiert, benennt, voraussagt und sie mit seinen Kommentaren umbringt, oder „Drei Wege zum See", die Geschichten der nach Kärnten heimkehrenden Elisabeth mit ihren unglücklichen Beziehungen zu Männern wie Maurice, der einem anderen Mann namens Manes „soviel von ihrer Intelligenz vorgeschwärmt habe, zum Erbrechen, und intelligente Frauen seien für ihn keine Frauen, er habe sich damals auch nur dermaßen geärgert über sie, weil sie stumm und arrogant in diesem Restaurant gesessen sei".

Oder Passagen, in denen die Figur Elisabeth, müde von allen Anstrengungen des Verlassenwerdens und der Mißverständnisse und der Langeweile, alle Hoffnung aufgab; denn wenn sie in fast dreißig Jahren keinen Mann getroffen hatte, einfach keinen, der von einer ausschließlichen Bedeutung für sie war, der unausweichlich für sie geworden war, jemand, „der stark war und ihr das Mysterium brachte, auf das sie gewartet hatte, keinen, der wirklich ein Mann war und nicht ein Sonderling, Verlorener, ein Schwächling oder einer dieser Hilfsbedürftigen, von denen die Welt voll war, dann gab es den Mann eben nicht, und solange es diesen Neuen Mann nicht gab, konnte man nur freundlich sein und gut zueinander, eine Weile."

Vom „Neuen Mann" spricht sie hier, dem Wunschbild. Ohne ihn kann es die neue Gesellschaft und die neue Sprache nicht geben. Elisabeth erinnert sich auf ihren drei Wegen zum See, wie sie, die Frau, nicht mehr jung und von den Namen vieler Männer, die glaubten, sie „entdeckt" zu haben, umstellt, diese eine „große Liebe, die unfaßlichste, schwierigste zugleich, von Mißverständnissen, Streiten, Aneinandervorbeisprechen, Mißtrauen belastet", verlor, aber dieser Mann hatte sie „zum Bewußtsein vieler Dinge" gebracht.

War so das reale Leben? Ist in diesem Franz Joseph Trotta und der spannungsreichen Beziehung zu Elisabeth Max Frisch zu sehen oder Paul Celan, ja vielleicht er, denn Trotta, der in Paris lebte, war ein Flüchtling, ein „wirklich Exilierter und Verlorener"? Oder ähneln sich nur die Risse in den Banden der Innigkeit? Der Streit, die Unversöhnlichkeit, das Entsetzen, die Verwirrung, die Schlaftabletten, um nicht „in dieser Haßlache" einschlafen zu müssen?

Nein, Abschied ist immer Rückfall in die Einsamkeit. Die Wahrheit, die „zu zweit" beginnt, gehört dieser Einsamkeit und nicht der Allgemeinheit.

Uns bleibt genug zu begreifen, was das war, Liebe bei Ingeborg Bachmann, Liebe und Tod, die beiden Qualen, inständig beinander, Glück und Erlösung in der Zeit der Verzauberung, Sterbenwollen am Ende, jedesmal. Und das gewöhnliche Leben danach, die Platitüden des desillusionierten Seins. „Da stürzte die Einfalt aus ihren Augen und wechselte mit einem Abgrund des Wissens, der mit einmal ihn und sie und das Gefüge ihrer Beziehungen verschlang. Sie lief, ohne etwas fragen zu müssen oder erfahren zu wollen, ans Fenster und sprang in den dunklen Hof, der wie ein Schacht ein kleines Viereck gegen den Himmel freihielt." So Ingeborg Bachmann in einer frühen kleinen Erzählung „Im Himmel und auf Erden".

Der Versuch, Joseph Roths Figur des Trotta, jenes Nachfahren des sogenannten „Helden von Solferino", in die Jetztzeit hinüberzuretten, mußte tödlich ausgehen für den eigenartigen Fremden, der er für Elisabeth immer blieb.

Für den Erzählband „Das Dreißigste Jahr" erhielt Ingeborg Bachmann viel Beifall von der Kritik, von Kollegen und dem Publikum ihrer Lesungen und den Kritikerpreis von Berlin. Wohl wurde jetzt schon geäußert, ihre Stärke sei die Lyrik, doch war ja auch früher das Erzählen von jener Musikalität der Sprache bestimmt, die die Lyrik auszeichnet. Das Hineinstürzen in die Geschichte, die Szene, den Angelpunkt, wie in „Alles" oder der Ausbreitung der Seelenverfassung des jungen Mannes in „Das Dreißigste Jahr" – nichts Neues, dies zu bedenken, man könnte Vorlagen ausmachen, wie Germanisten beteuern. Doch welch ein Eigensinn vom ersten Wort an, von der Frau ihrer männlichen Figur eingeschrieben. Er hat keinen Namen, darauf kommt es nicht an, denn Namen sind, das weiß sie aus dem Studium, nach Charles S. Peirce Haken, an denen Eigenschaften, Handlungen, Operationen, Mythen und Geschichte hängen. Symbole also. Sie braucht die Namen nicht oder höchstens zur Kennzeichnung bestimmter Merkmale, eben Trotta, oder die nichtssagenden Mädchennamen, die schon das Fehlen jeglicher Eigenschaften vermuten lassen.

Der widerliche Moll in dieser Geschichte, der sichere, tüchtige, erfolgreiche Moll, er hatte einen Namen. Er litt nicht an der Welt und nicht an den Regeln des Spiels, das aus war. Und er brauchte nicht den Zusammenbruch zu erleben in der Staatsbibliothek, als er einem „Problem der Erkenntnis nachging" und alle Begriffe locker und handlich in seinem Kopf lagen. „Und als er *dachte* und *dachte* und wie auf einer Schaukel hoch und höher flog, ohne Schwindelgefühl, und als er sich den herrlichsten

Schwung gab, da fühlte er sich gegen eine Decke fliegen, durch die er oben durchstoßen mußte. Ein Glücksgefühl wie nie zuvor hatte ihn erfaßt, weil er in diesem Augenblick daran war, etwas, das sich auf alles und aufs Letzte bezog, zu begreifen. Er würde hindurchstoßen mit dem nächsten Gedanken. Da geschah es!"

Er hatte die Grenze überschritten. Vielleicht konnte kein Mensch da weiterdenken, wo er war. Er fühlte sich von Vernichtung getroffen, in dem alten Saal, „in der Stille der feierlichen Buchstabenabspeisung".

Er stürzte ab, ein Ikarus, doch nicht für lange. „Im Winter desselben Jahres war er mit Leni in die Berge gefahren ...". Früher hat er gewußt, jetzt kommt er zu keinem Ergebnis, er weiß nichts. Er wäre aus der Erschütterung „gerne mit einer neuen Sprache zurückgekehrt, die getaugt hätte, das erfahrene Geheimnis ausdrücken".

Ein Unfall, und ein weißes Haar! Am Ende ist es Ingeborg Bachmann, die zu ihrem Geschöpf spricht: „Ich sage dir: Steh auf und geh! Es ist dir kein Knochen gebrochen."

War denn nicht auch ihr literarischer Weg von lauter Heroen gesäumt? Hofmannsthal, Musil, Kafka, Proust, Joyce, die Alten und die Lebenden alle. Sie blickten aus ihrer Höhe auf sie herab, und auch die Kritiker nahmen sie ins Visier. Nur, mußten die Rezensenten sich darum scheren?

Doch, einige ächzten unter der Last der Ansprüche. Reinhard Baumgart beklagt seine Skrupel Details gegenüber, den verdammten Ehrgeiz, genau zu sein, statt den großen Bogen zu zeichnen.

Ingeborg Bachmann läßt ihren Eugen im Roman sagen: „Es ist wunderbar, wie Gestalten in Büchern keck und kühn sind, wie sie antworten, wieviel Geist sie entwickeln oder wie dumpf sie manchmal mißverstehen, wie tolpatschig sie antworten, während der andere Geist zeigt." Doch solche Freude am Spiel trägt so wenig wie Ironie. Es mußte sie treffen, wenn ihre Arbeit als intellektuell abgetan wurde, wenn Kierkegaard herangezogen wurde mit dem Anspruch, eine Sängerin könne nicht in einem forttrillern, dann und wann sei die Note koloriert. Oder wenn es hieß, dann und wann stopfe die Autorin ihre Lebenslücke mit Bildung

Das alles war nur an der Oberfläche wahrgenommen. In „Malina" sagt der nicht gerade geduldige Ivan: „Bitte, nicht so hoch hinauf, trag niemand mehr in die dünne Luft, das rat ich dir, das lern noch für später." Darauf hätte sie, wie anderswo, antworten können, sie habe sich auf ihren Querbalken eingelassen und müsse dabei bleiben.

„Todesarten" hieß seit langem das Projekt, an dem sie arbeitete. Es sollte eine Sammlung von Romanen oder Erzählungen oder einfach Texten sein. Der Zwang der Gattungen, dem sie sich in der Ausführung nicht unterwarf, irritierte sie. Das „Todesarten"-Projekt, im Herbst 1995 vorbildlich ediert, gibt einen geradezu erschütternden Einblick in die Arbeitsweise Ingeborg Bachmanns.

Sie bestand auf der Genauigkeit im Detail, die manche an ihren publizierten Texten vermissen, wenn sie Hohes, Überhöhtes, Metaphorisches sehen. Viele Sätze sind vier, fünf Mal neu geschrieben, manches Wort mehrmals ausgetauscht. Die „neue Sprache", wenn sie denn hier gilt, wird zunehmend karger, ähnlich wie Ingeborg Bachmann es an Paul Celan in ihrer Frankfurter Poetikvorlesung zeigte, nur löste sie sich bei ihr von der Lyrik ab und fand ihre Form in der Prosa.

„Bože moj!", dieses Gerede von der Form. Es ging um Sprache. Hatte sie nicht in den festgelegten Textgattungen Einschränkung empfunden, ein abgeschlossenes Denken, „das zum Sterben führt"? Bis zum Äußersten gehen, was sie in allem anstrebte, konnte nur heißen, über die Grenzen hinaus gehen, die Form überschreiten in der einen oder anderen Richtung.

Paul Celan wies den anderen Weg zur Grenze des Unsagbaren. Er war, wie Michael Hamburger in „Wahrheit und Poesie" schon 1972 sagte, mit seiner „Todesfuge" der vielleicht einzige schlüssige Beweis dafür, daß Gedichte nach Auschwitz nicht nur geschrieben, sondern sogar über die eisigen Schrecken, die dort verübt wurden, geschrieben werden konnten."

Die eigenartig hermetische Form von Celans späteren Gedichten, „Sprachgitter", erklärt Michael Hamburger damit, daß Paul Celan nie „ich" sagt in diesem Gedicht, obwohl es seine Erfahrung ist, sein eigenes Leben, das da mitgeteilt wird, kurz nachdem er dem Grauen entkommen war. „Die komplizierte musikalische Struktur ebenso wie die archetypische, teilweise surrealistische Bildersprache dient dazu, das Gedicht von der historischen Begebenheit zu distanzieren."

Celan habe das Unaussprechliche unausgesprochen gelassen und in einer Mischung von Archaischem und Neuem etwas „Art-Typisches" gesetzt.

„Wege einer Stimme zu einem wahrnehmenden Du" hat er gesucht. Vielleicht hat Ingeborg Bachmann das nicht verstanden, dieses weggenommene „Ich", das sich hinter einer Stimme verbarg, Rufe aus der Welt des Todes, wo es kein „Ich" geben konnte.

Ingeborg Bachmanns Erkundungen der Grenzen verlaufen anders. Auch ihr „Ich" ist beschädigt, unvergleichbar, aber doch. Es bleibt nicht hinter Sprachgittern versteckt. Es sucht Bewußtsein und findet es sozusagen auf der Straße, in scheinbaren Nebensächlichkeiten, in schwachen Figuren, die in den sozialen und politischen Verhältnissen erdrückt werden, die an ihren Beziehungen sterben. Krieg, Aggression, Zerstörung, Mord geschehen nicht nur erklärtermaßen und auf der Weltbühne, Mord geschieht in den Beziehungen, langsamer, täglicher Mord.

Die Grenze zwischen Lyrik und Prosa hatte sich längst verschoben. Wie an den geographischen Grenzen – hier Land, hier Meer – lief die Lyrikerin immer wieder daran entlang. Die Unmöglichkeit des Denkens „Grenze" erwies sich am Bau der Berliner Mauer 1961. Absurd, diese Abriegelung, absurd der ganze Kalte Krieg mit der ständigen Drohung von Gewalt. Politik nistete sich unmerklich in das ganze Leben ein. Das schicke Auto, die elegante Kleidung, römischer Karneval und gutes Essen änderten nichts an der Angst vor diesem geteilten Deutschland der zwei Kulturen, auf beiden Seiten hatte das Volk das Nachsehen. Die profit- und marktwirtschaftlich orientierte Gesellschaft der Adenauerzeit erstarrte im Gegebenen, die DDR in vorgegebener Ideologie, beide Neuem gegenüber feindlich.

Zu Beginn der sechziger Jahre erlahmte das öffentliche Interesse an der Gruppe 47, deren Protest gegen die Aushöhlung der Demokratie niemand mehr hören wollte.

Ingeborg Bachmann fühlte sich in Rom alleingelassen. Auch gekränkt, weil sie das Echo in der Kritik nicht mehr fand, wie sie es gewöhnt war von Anfang an.

Die „Utopie des anderen Lebens“, die sie im Hörspiel „Der Gute Gott von Manhattan“ entwarf, setzte sich in den Erzählungen fort. Anklänge an Musil, über den sie geschrieben hatte, und der die „Utopie eines anderen Zustandes“ beschrieb, fielen auf. Doch ist die Logik solcher Gedanken nicht gerade eingängig, und zwischen pathetischer Forderung und dem Fluß der Erzählung gibt es manchmal keine Verbindung.

XV

„Der Fragwürdigkeit der dichterischen Existenz steht nun zum ersten Mal eine Unsicherheit der gesamten Verhältnisse gegenüber." Ingeborg Bachmanns Arbeit geht in eine neue Phase. Immerhin: der Berliner Kritikerpreis von 1961, die Aufnahme in die Berliner Akademie der Künste im selben Jahr und 1963 die Einladung zu einem einjährigen Aufenthalt im Westen der Stadt, ein Stipendium der Ford Foundation, die viele Künstler aus der ganzen Welt in Berlin zusammenbrachte. Die in Rom lebende Lyrikerin, als die sie seit dem Spiegel-Artikel von 1954 galt, ein fernes Wesen, zog für eine Weile nach Berlin.

Dort traf sie Kollegen aus der Gruppe 47, Hans Werner Richter, Uwe Johnson, Reinhart Lettau. Sie wohnte zunächst im Gästehaus der Berliner Akademie der Künste, mitten in der blühenden Berliner Kultur. Der polnische Schriftsteller Witold Gombrowicz lebte auch in diesem Haus. Beide waren sie dankbar für die Möglichkeit, ein Jahr lang ohne Geldsorgen zu arbeiten, und sie hatten auch keine Skrupel, wie Ingeborg Bachmann festhält, dieses Geld anzunehmen, „in einem Augenblick, in dem man kein Dach über dem Kopf hat ..., aber wie so oft sind Annehmlichkeiten, für die man dankbar sein müßte, mit ungeheuerlichen Veränderungen verbunden." Mit Gombrowicz hatte sie eine gute, unkomplizierte Freundschaft. „Er kam aus Argentinien, ich auch auf hundert Umwegen aus vielen Ländern, und wenn wir etwas voneinander begriffen haben, ohne es einander je zu gestehen, daß wir verloren waren, daß dieser Ort nach

Krankheit und Tod riecht, für ihn auf eine Weise, für mich auf eine andere."

Witold Gombrowicz, der „diskrete Mensch" mit dem forschenden Blick und dem Wissen vieler Zeiten, blieb fremd und schweigend, wenn auch nicht einsam in dieser Stadt Berlin.

Die „Epopöe der gottverlassenen Welt" des Frank Kafka legte sich über alles. Ingeborg Bachmann schrieb über Berlin. „Ein Ort für Zufälle" sei das. Der donnernde Lärm und die ängstliche Stille Berlins, und doppelter Korn und Bier und die Damen im Café Kranzler; Halensee und Königsallee und Neckermann und Defaka – ein Berlin aus aufgeschichtetem Glas, aufgeräumt und dem Zusammenbruch ausgeliefert. Das Bild, das Ingeborg Bachmann da zeichnet, aus der Perspektive des Krankenhauspatienten, mit dem skatspielenden Oberarzt und rollenden Panzern, Flugzeugen in der Tempelhofschneise, dieses Berlin machte ihr Angst: „Die Woche fängt an mit Nepal und Ghana. Am Dienstag werden unter Beschwerden und wütenden Kommentaren die Kongolesen hin- und hergerissen von einer Seite der Friedrichstraße zur anderen, am Mittwoch hat Pakistan einen Rundreiseautobus, am Donnerstag sind die Abgeordneten vom Südpol nur auf einer Seite und werden auf der anderen verschwiegen. Die gemischten Besucher vom nächsten Abend fahren mit den Perücken vom Schillertheater weg und bekommen am Schiffbauerdammtheater die Kostüme dazu geschenkt, dann gibt es eine Stokkung, die Mittelamerikaner reißen das Brandenburger Tor aus und nehmen es zum Andenken mit, dann kommen die Malaien und verschwinden mit der Siegessäule. Plötzlich haben die Zigeuner Berlin besetzt und schlagen die Zelte auf, die Berliner flüchten in die Außenbezirke, dann waschen die Zigeuner allen die Wäsche, die flattert bis Lichterfelde ..." und dann ist Ostern, Auferstehung. „Die Gedächtniskirche fährt zum Himmel."

Absurd, und doch die Vorstellung von maroden Zuständen und den fixen Möglichkeiten, Fassaden zu errichten, die Ost-West-Spannung am heikelsten Punkt Europas wahrnehmbar zu machen, Geschichte und Gegenwart, die Schüsse auf Rathenau wie die diagnostizierte „Disharmonie" am kranken Menschen. Der aber sieht die Krankheit überall, erkennt die Unterschiede zwischen der Friedrichstraße und der Krummen Lanke, wo sich kaum etwas bewegt.

Eine Wohnung an der Königsallee machte das Leben ruhiger. „Es war eine Aufregung, war weiter nichts. Es wird nicht wieder vorkommen", sagte Ingeborg Bachmann am Ende dieses merkwürdigen Textes über Berlin, den sie im Oktober 1964 als Dankrede für die Verleihung des Georg-Büchner-Preises der Deutschen Akademie für Sprache und Dichtung vorträgt, „konsequent, konsequent", wie Büchner zu sagen pflegte, und „inkonsequent, inkonsequent". „Die Beschädigung von Berlin, deren geschichtliche Voraussetzungen ja bekannt sind, erlaubt keine Mystifizierung und keine Überhöhung zum Symbol."

Das Libretto für Hans Werner Henzes komische Oper „Der junge Lord" entstand, eine Vision von Freiheit. Die Oper wurde 1965 an der Deutschen Oper in Berlin uraufgeführt.

Das Leben war anstrengend. Hans Werner Richter und Uwe Johnson nahmen Ingeborg Bachmann regelmäßig zu Radfahrten in den Grunewald mit, ein- oder zweimal in der Woche. Richter beschreibt diese Übungen mit den für alle drei typischen Bewegungen. Der große aufrecht und zügig voranstrampelnde Johnson, er selbst offenbar leicht und ohne Ehrgeiz, Ingeborg Bachmann zwischen ihnen „trat in die Pedale, nicht so kraftvoll natürlich, aber ehrgeizig". Sie schien diese sportliche Betätigung zu genießen, die ihr nach einem Zusammenbruch und Krankenhausaufenthalt ärztlich verordnet war.

Sie war nicht gesund, was nicht verwunderlich war, sie wurde ernsthaft krank. Mehrmals lag sie in der Klinik, auch, um von den Tabletten entwöhnt zu werden, die sie seit einiger Zeit einnahm, was nur zeitweise gelang.

Und doch muß es auch gute Zeiten, und seien es nur Augenblicke, gegeben haben. Günter Grass sah sie bei sich; es gibt Fotos, auf denen sie wach und amüsiert aussieht, elegant wie in Rom, manchmal lachend. Nach wie vor unterbrachen Reisen die angefangenen Arbeiten. „Der Fall Franza", ein Mord durch den Ehemann, ohne daß er sich beteiligt fühlt, Tod an der Beziehung – das Thema der nächsten Jahre –, reist mit ihr nach Ägypten und in den Sudan. Adolf Opel meinte später, die Wüste, in die sie weit hineinfuhren, habe ihr gut getan. Für Franza, die Frau des Psychiaters Jordan, ist die unendlich sengende Wüste tödlich. Die Leere hebt die eigene Geschichte, die Figuren mit ihrer Bedrohung, die Fratzen ins Licht.

Das Wüstenbuch ist eines der eindrucksvollsten Stücke im „Todesarten-Projekt". Der systematischen Zerstörung der Frau ist durch nichts Einhalt zu gebieten, Martin, der Bruder, begreift es spät.

Mit dem Fall Franza kehrt Ingeborg Bachmann wieder an die Orte ihrer Kindheit zurück, nach Wien und nach Kärnten, ins Gailtal und in das Dorf Gallizien. Die Grenze wieder nah und, im Gegensatz zu Berlin, einsehbar, überwindbar, fließend. Das ist ihre Landschaft, in der sie sich später oft bewegen wird. Reinhart Baumgart hatte wohl recht, sie dorthin zu verweisen, als sie ihn einmal fragte, was sie denn nun tun und wohin sie gehen solle. Zurück ins Gailtal, um dort das „Alterswerk" zu schreiben, war die Antwort.

Alt war sie noch nicht, um die vierzig, „sozial und politisch engagiert", an der jüngsten deutschsprachigen Literatur interessiert, Thomas Bernhard vor allem, Peter Handke. In Berlin lebte sie zwischen Intellektuellen, die sich für eine Änderung der Politik in Deutschland zusammenfanden. Günter Grass ging mit Willy Brandt auf Wahlreise; witzig und gescheit reagierte er auf Angriffe und Eierwürfe. Im schwarzen Cloppenburg rief er in den tobenden Saal voller junger Leute: „Kinder, laßt das, das müßt ihr doch Samstag alle wieder beichten."

Ingeborg Bachmann nahm an ähnlichen Debatten teil, war anwesend und reagierte entschieden auf alle Ansätze nationalsozialistischen Denkens. Da waren nicht nur Neonazis, die man leibhaftig vor sich hatte, Unbelehrbare mit der alten Sprache, sondern Diskussionen über die Verjährung von Naziverbrechen nach zwanzig Jahren. Hier gab es kein Wenn und Aber; sie lehnte die Verjährung ab und erklärte das öffentlich.

Und dann war da Prag. Wieder mit dem Wiener Schriftsteller Alfred Opel war sie unterwegs in einer Gegend, die zu ihrem Land wurde: Böhmen. Prag, die große wohlgeformte Stadt, in der Franz Kafka zu Beginn des Jahrhunderts regelmäßig Radtouren mit dem Soziologen Alfred Weber unternahm, griff auch ihr ans Herz. „Böhmen liegt am Meer“, das wurde schon einmal gesagt, Jahrhunderte zuvor und nicht mehr seitdem: „Böhmen liegt am Meer“, das war Grenzüberschreitung par excellence. Nicht irgendein abgerundetes Gebiet zwischen anderen Rundheiten, sondern hingegeben bis ans Ende der Landmöglichkeiten. Hier war es gut, hier konnte sie sein. „Ist Liebesmüh in alle Zeit verloren, verlier ich sie hier gern.“

Zugrundgerichtet, gibt es doch ein Aufwachen. Denn wenn es das Meer gibt, so wird auch wieder Land sein.

„... Zugrund – das heißt zum Meer, dort find ich
Böhmen wieder.
Zugrund gerichtet, wach ich ruhig auf.
Von Grund auf weiß ich jetzt, und ich bin unverloren“

Und schließlich der Ruf an alle: Kommt her. „Wollt ihr nicht böhmisch sein ...?“

„Und die zum Weinen sind. Und irrt euch
hundertmal,
wie ich mich irrte und Proben nie bestand,
doch hab ich sie bestanden, ein um das andre Mal.
Wie Böhmen sie bestand und eines schönen Tags
ans Meer begnadigt wurde und jetzt am Wasser liegt.“

An ein Wort grenzen und an ein andres Land, schließlich an alles immer mehr. Die große Hoffnung, es möge ein Ende haben mit den gnadenlosen Einschränkungen.

Es war die Zeit des „Prager Frühlings“, die Zeit der Utopie ewiger Freiheit, ans Meer begnadigt.

„Böhmen liegt am Meer", ein Absurdum, irreal, und eine Wahrheit im Sinne von Descartes Bestimmtheit.

Ähnlich hat Ingeborg Bachmann es oft gesagt. Das „glauben an" als movens für Leben, und alle, die es hören, sollen auch daran glauben.

Ende 1964 war sie in Taormina in Sizilien dabei, als die russische Dichterin Anna Achmatova einen Literaturpreis erhielt. Nachdem die Geehrte ihren Dank gesprochen hatte, stand Ingeborg Bachmann plötzlich auf und las folgendes Gedicht.

Wahrlich
für Anna Achmatova

„Wem es ein Wort nie verschlagen hat,
und ich sage es euch,
wer bloß sich zu helfen weiß
und mit den Worten –

dem ist nicht zu helfen.
Über den kurzen Weg nicht
und nicht über den langen.

Einen einzigen Satz haltbar zu machen,
auszuhalten in dem Bimbam von Worten.

Es schreibt diesen Satz keiner,
der nicht unterschreibt."

Der Auftritt war perfekt, hieß es, Ingeborg Bachmann wie in alten Glanzzeiten, wunderbar anzusehen, mit fester Stimme. Doch war es nicht nur der Auftritt, der ihr den Beifall brachte. Die Szene mit der rührend zarten Anna Achmatova, die sich zu der hinter ihr Sprechenden umdreht, wird als schön beschrieben, ohne Falsch. Und der Text war eindringlich. Daß es Ingeborg Bachmann inzwischen um den „einen einzigen Satz" ging, den „haltbar zu machen" sie angetreten war, hatten die Freunde wohl verstanden.

XVI

Die Welt „noch einmal neu zu begründen und zu ordnen", dieser Wunsch blieb. Wieder zog Ingeborg Bachmann um. Zurück nach Rom, wo sie sich wohler fühlte als in dem eingemauerten Berlin. Zuerst wohnte sie in der Via Bocca di Leone Nr. 60, ab 1971 in der Via Giulia Nr. 66. Sie hatte, wie Freunde ihr belustigt sagten, mitten in Rom eine Wienerische Wohnung, und sie liebte diesen Zwiespalt. Rom hatte sich verändert, fand sie, auch Wien. Beide Orte waren wie ruhende Pole in ihrem Landschaftskarussell.

In Rom lebte sie, kaufte ein, ging über altbekannte Plätze.

In Wien schweifte ihre Phantasie nach Häusern, Straßen, Spuren, in denen ihre Figuren sich bewegen konnten.

Sie arbeitete weiter am „Todesarten-Projekt". Ihrem achtsamen Verleger Klaus Piper hatte sie schon lange angekündigt, daß nun ein großes Buch folgen werde, und sie las schon aus noch unvollendeten Manuskripten – in Zürich, in Hamburg, Hannover, Lübeck und auch in Berlin.

Zugleich an mehreren Texten zu arbeiten – welch große Anstrengung.

„Der Fall Franza", das „Wüstenbuch", aus dem sie schon früh gelesen hat, „Malina" und schließlich „Simultan", wie wenn die Teile ineinander verwoben würden zu einem einzigen Erzählteppich.

Es war aber nicht so. „Malina" brauchte die meiste Zuwendung, diese Ivan-Malina-Ich-Geschichte in der

Ungargasse, zwei Wohnungen nahe beieinander, kaum ein Draußen, ein wenig Prater, die Donau; meistens spielt sich alles in einem Zimmer ab und in der Küche. Telefonate mit Ivan, Warten auf Anrufe von Ivan. Die Frau zermürbt sich mit Denken an Ivan.

Nichts gilt mehr, und wäre nicht Malina, der Arbeitsame, Vernünftige, Klare, Unklare immer zur Stelle, Sanitäter und Richtigsteller, wo wäre Ordnung?

„Ich lebe in Ivan und sterbe in Malina" – das ist das Ende, die Frau hat sich aufgegeben, sie hat keinen Platz mehr neben Malina, der ihr Gewalt antut mit seinen Interpretationen, seinen Weisungen, seiner Gleichgültigkeit, seinem Wissen von ihr, Malina, ohne den sie nicht leben zu können glaubt, den sie braucht und sich wundert, daß er nicht auf Ivan eifersüchtig ist, Malina, der Unberührbare. Er wird sie umbringen mit seinem Reden, dem Nicht-schweigen-können. „Das erklärt doch nichts." Sie aber muß sich erinnern, muß die „inwendigen Schauplätze" nach außen bringen, damit Erinnern sein kann. Sie weiß keinen Ausweg.

Sie sieht den Riß in der Wand, das wird ihr Grab, in diesem Riß verschwindet sie.

Eine Tragödie. Wie in Shakespeares Trauerspielen räumen die Übrigbleibenden auf. Ivan ruft an, sie hört es und kann sich nicht mehr rühren. Malina sagt, sie wohne nicht hier. Zurück bleibt Malina allein, Malina, dessen Stimme sie jetzt „gut" nennt. Aber: „es war Mord".

Es war Mord, zweifellos; man stirbt in dieser Gesellschaft nicht mehr, sondern wird ermordet. Ingeborg Bachmann sucht Erkenntnis über „das Denken, das zum Verbrechen führt", die schmalen Windungen der Psyche und die tödlichen Konsequenzen. Wahrhaftig, „die

Wahrheit beginnt zu zweit". Aber auch die Lüge, der unerklärte Krieg, der Kampf um etwas, das mit Macht über den anderen nur unzureichend benannt ist, Unterdrükkung, Einsamkeit, Verlassenheit, Verlorenheit und Ohnmacht.

Die Verfolgungsträume in „Malina", die Qualen, die der Vater der weiblichen Ich-Figur antut, nehmen die zeitgeschichtlichen Erfahrungen von Folter, KZ und Ermordung auf. Das Grauen verläßt uns nie, sagte Jean Améry, dessen Buch „Über die Tortur" Ingeborg Bachmann gelesen hatte: „... er hatte offenbar viele Jahre gebraucht, um durch die Oberfläche entsetzlicher Fakten zu dringen, und um diese Seiten zu verstehen, die wenige lesen würden, bedurfte es einer anderen Kapazität als der eines kleinen vorübergehenden Schreckens, weil dieser Mann versuchte, was mit ihm geschehen war, in der Zerstörung des Geistes aufzufinden und auf welche Weise sich wirklich ein Mensch verändert hatte und vernichtet weiterlebte."

Jean Améry hat am Ende diese Verfassung seiner Seele nicht ausgehalten. Er nahm sich das Leben.

Auch Paul Celan hielt nicht aus, was er nicht fassen konnte. Sein Selbstmord im April 1970 hat Ingeborg Bachmann tief bewegt. Sie nahm ihn hinein in ihr „Todesarten-Projekt". Die Geschichte der Prinzessin von Kagran in „Malina" schreibt die Trauer um den toten Freund. Der geheimnisvolle Fremde erscheint als Retter in wegloser Landschaft.

Unvergessen Celans „Todesfuge". Als der Roman „Malina" 1971 erschien, bei Suhrkamp, von Siegfried Unseld betreut, hing das „Todesarten-Projekt" in allen Sielen, betäubend schwer, düster. Von Bildern umstellt und Irrlichtern gehetzt die Figuren.

„Die Wahrheit ist dem Menschen zumutbar" – diese tapfere Aussage der jungen Ingeborg Bachmann raubte ihr jetzt das Leben. Während einer Lesereise in Polen ging sie nach Auschwitz, mit den Augen zu fassen, was ihre Seele nur hatte ahnen können, Spuren unfaßbarer Wirklichkeit. Alle ihre Metaphern versagten vor diesem Anblick, und der ferne Freund Paul Celan war näher denn je. Unendliche Trauer muß sie mitgenommen haben von diesem Ort zu allen Orten ihres Lebens.

„Wer ist dein Vater?" fragt Malina. Sie weiß es nicht und weiß es doch. Alle Väter dieser Welt sind ihr Vater, alle, die Gewalt anwenden, die Kriege führen, die mit Worten erschlagen.

„Ist denn noch nie jemand in den Sinn gekommen, daß man die Menschen umbringt, wenn man ihnen das Sprechen abnimmt und damit das Erlebte und das Denken?"

Das Verschwinden in der Wand, dem das Verstummen vorausging, war eine der „Todesarten", Selbstbetäubung eine andere, das Ende von Sprache und Wahrnehmung. Ingeborg Bachmann durchlitt viele Einsamkeiten und Todesarten, ehe sie Ruhe fand auf dem Friedhof Annabichl in Klagenfurt.

Zeittafel

1926	geboren am 25. Juni in Klagenfurt
1932–1938	Volksschule und Bundesrealgymnasium
1938–1944	Oberschule für Mädchen in der Ursulinengasse. Matura
1944–1945	Lehrerbildungsanstalt in Klagenfurt
1945–1946	Studium der Philosophie in Innsbruck
1946	ein Semester Philosophie und Jura in Graz Erzählung „Die Fähre"
1946–1950	Fortsetzung des Studiums in Wien: Philosophie, Germanistik und Psychologie, Begegnung mit Paul Celan
1948–1949	Gedichte in der Zeitschrift „Lynkeus. Dichtung, Kunst, Kritik", Wien
1949	Praktikum in der Nervenheilanstalt Steinhof bei Wien
1950	Dissertation über „Die kritische Aufnahme der Existentialphilosophie Martin Heideggers"
1950–1951	Reisen nach Paris und London Script-writer und Redakteurin beim Sender Rot-Weiß-Rot in Wien
1952	Hörspiel „Ein Geschäft mit Träumen" Gedichtzyklus „Ausfahrt" im Jahrbuch „Stimmen der Gegenwart", Wien Einladung zur Lesung bei der Gruppe 47 in Niendorf/Ostsee. Erste Reise nach Italien
1953	„Auch ich habe in Arkadien gelebt", Erzählung Beendigung der Arbeit beim Sender Rot-Weiß-Rot Preis der Gruppe 47 Zusammen mit Hans Werner Henze auf Ischia und Neapel. Aufenthalt in Rom Gedichtband „Die gestundete Zeit"
1954	Fördergabe des Kulturkreises im Bundesverband der Deutschen Industrie
1955	Hörspiel „Die Zikaden" mit Musik von Hans Werner Henze im Nordwestdeutschen Rundfunk Hamburg Reise nach USA zum internationalen Seminar der

	Harvard Summer School of Arts and Sciences and of Education, Harvard University, Cambridge/Mass.
1956	Gedichtband „Anrufung des großen Bären“
1957	Literaturpreis der Freien Hansestadt Bremen (Rudolf-Alexander-Schröder-Stiftung) für „Anrufung des großen Bären“ (zusammen mit Gerd Oelschlegel)
	Korrespondierendes Mitglied der Deutschen Akademie für Sprache und Dichtung in Darmstadt
	Gedichte „Im Gewitter der Rosen“ und „Freies Geleit“, Musik Hans Werner Henze
1957–1958	Dramaturgin beim Bayerischen Fernsehen in München
1958	Hörspiel „Der gute Gott von Manhattan“, Gemeinschaftsproduktion des Bayerischen Rundfunks und des Norddeutschen Rundfunks Hamburg
1958–1962	Mit Max Frisch in Rom und in Zürich
1959	Hörspielpreis der Kriegsblinden für „Der gute Gott von Manhattan“
1959–1960	Erste Dozentin der neugegründeten Gastdozentur für Poetik an der Universität Frankfurt am Main
1960	Uraufführung der Oper „Der Prinz von Homburg“ Libretto von Ingeborg Bachmann, Musik von Hans Werner Henze, an der Hamburger Staatsoper
1961	Erzählungsband „Das dreißigste Jahr“
	Literaturpreis 1960/61 des Verbandes der Deutschen Kritiker (Berliner Kritikerpreis)
	Außerordentliches Mitglied der Abteilung Literatur der Akademie der Künste Berlin
1963	Einjähriger Aufenthalt in Berlin mit einem Stipendium der Ford-Foundation
1964	Reisen nach Prag, Ägypten und in den Sudan
	Verleihung des Georg-Büchner-Preises durch die Deutsche Akademie für Sprache und Dichtung, Darmstadt
1965	Rückkehr nach Rom. Uraufführung der Oper „Der junge Lord“ an der Deutschen Oper Berlin, Libretto von Ingeborg Bachmann, Musik von Hans Werner Henze
1968	Großer Österreichischer Staatspreis für Literatur

1971 „Malina", als Roman zum „Todesarten"-Projekt gehörig, kommt heraus

1972 Erzählungsband „Simultan", Anton-Wildgans-Preis der Vereinigung österreichischer Industrieller

1973 Lesungen in Warschau und an den Universitäten Krakau, Breslau, Thorn und Posen

Fahrt zu den Konzentrationslagern Auschwitz und Birkenau

Am 26. September Tod nach einen Brandunfall in der römischen Wohnung. Beisetzung auf dem Friedhof Klagenfurt-Annabichl

Bibliographie

Werkausgaben

Werke. Herausgegeben von Christine Koschel und Inge von Weidenbaum. 4 Bände (1978), Neuausgabe 1995, Serie Piper

„Todesarten"-Projekt. Kritische Ausgabe. Unter Leitung von Robert Pichl herausgegeben von Monika Albrecht und Dirk Göttsche. 4 Bände, Piper, München 1995

Einzelausgaben

„Die gestundete Zeit. Gedichte." Frankfurter Verl. Anst. Frankfurt; Piper, München 1953.

„Anrufung des Großen Bären. Gedichte." Piper, München 1956.

„Der gute Gott von Manhattan. Hörspiel" (im Bayerischen Rundfunk zus. mit NDR Hamburg; Südwestfunk, Piper, München 1958.

„Das dreißigste Jahr. Erzählungen." Piper, München 1961.

„Jungend in einer österreichischen Stadt. Erzählung." Bibliographile Ausgabe. Gravüren von Rudolf Schoofs. Verlag Horst Heiderhoff, Wülfrath 1961.

„Der gute Gott von Manhattan. – Die Zikaden. 2 Hörspiele." Dt. Taschenbuch Verl., München 1963.

„Gedichte – Erzählungen – Hörspiel – Essays. Auswahl." Piper, München 1964, auch Büchergilde Gutenberg, Frankfurt a. M. 1968

„Ein Ort für Zufälle." Mit Zeichnungen von Günter Grass. Wagenbach, Berlin 1965.

„Malina. Roman." Suhrkamp Verlag, Frankfurt a. M. 1971.

„Simultan. Neue Erzählungen." Piper, München 1972; Aufbau Verlag, Berlin, Weimar 1973.

„Die gestundete Zeit. Anrufung des Großen Bären. Gedichte." Piper, München 1974.

Essays, Reden, Kleinere Texte

„Ludwig Wittgenstein – Zu einem Kapitel der Jüngsten deutschen Philosophiegeschichte. Essay", in: „Frankfurter Hefte" Jg. 7, 1953.

„Ins tausendjährige Reich – Zu Robert Musils Roman Der Mann ohne Eigenschaften. Essay", in: „Akzente" Jg. 1. 1954, S. 50–53.

„Was ich in Rom sah und hörte. Essay", in: „Akzente" Jg. 2, 1955, S. 39–43.

„Die blinden Passagiere. Essay", in: „Jahresring" 1955/56. Deutsche Verlagsanstalt Stuttgart 1955. S. 30–36.

„Die wunderliche Musik. Essay", in: „Jahresring" 1956/57.

„Die Wahrheit ist dem Menschen zumutbar. Essay." Rede zur Verleihung des Hörspielpreises der Kriegsblinden, in: „Der Kriegsblinde", Heft 10, 15. April 1959, S. 1–2.

„Musik und Dichtung. Essay", in: „Musica Viva". Nymphenburger Verlagshandlung, München 1959. S. 163–166.

„Literatur als Utopie. Essays." In „DU" August 1960, S. 47f; September 1960, S. 67f; Oktober 1960, S. 65f (auch in: Frankfurter Poetikvorlesungen).

„Ein Ort für Zufälle." Rede zur Verleihung des Georg-Büchner-Preises, in: „Deutsche Akademie für Sprache und Dichtung." Jahrbuch 1964, S. 157–169.

„Ars poetica." Texte von Dichtern des 20. Jahrhunderts zur Politik. Hrsg. von Beda Allemann. Wiss. Buchges., Darmstadt 1966.

Libretti

Henze, Hans Werner: „Der Idiot." Ballett-Pantomime nach F. M. Dostojewski von Tatjana Gsovsky. Text von Ingeborg Bachmann. Schott, Mainz 1952 (in: I. B. „Die gestundete Zeit").

Henze, Hans Werner: „Nachtstücke und Arien." Für Sopran und Orchester nach Gedichten von Ingeborg Bachmann. Studienpartitur. Schott, Mainz 1957.

Henze, Hans Werner: „Der Prinz von Homburg." Oper in drei Akten nach dem Schauspiel von Heinrich von Kleist. Für Musik

eingerichtet von Ingeborg Bachmann (Textbuch). Schott, Mainz 1950.
Henze, Hans Werner: „Der junge Lord." Komische Oper in zwei Akten nach einer Parabel aus „Der Scheik von Alessandria und seine Sklaven" von Wilhelm Hauff. Textbearbeitung von Ingeborg Bachmann. Schott, Mainz 1965.

Sprechplatten

„Neun Gedichte", „Lyrik der Zeit", Platte 1. Neske Verlag, Pfullingen 1958.
„Ingeborg Bachmann liest Gedichte und Prosa." Piper, München o. J. (Piper-Sprechplatte Nr. 6).

Beiträge in Anthologien

„Die Zikaden. Hörspiel", in: „Hörspielbuch." Bd. 6. Frankfurt a. M.: Europ. Verl. Anst. 1955; „Hörspiele." Fischer-Bücherei, Frankfurt a. M. 1961.
„Alles. Erzählung", in: Erfundene Wahrheit. Deutsche Geschichten seit 1945." Hrsg. von Marcel Reich-Ranicki. Sonderausgabe Piper, München 1965. (Die Bücher der Neunzehn Bd. 130.) S. 384–401.
„Ars poetica". Texte von Dichtern des 20. Jahrhunderts. Hrsg. von Beda Allemann. Wissenschaftl. Buchgesellschaft, Darmstadt 1966.
„Im Angesicht der Wahrheit." (Bachmann, Böll, Brecht u. a.) Hrsg. von Hans Eckart Rübesamen. Kindler, München 1973.
„Über William Faulkner." Mit Beiträgen von Ingeborg Bachmann, Gottfried Benn u. a. Diogenes, Zürich 1973.

Übersetzung

Ungaretti, Guiseppe: „Gedichte." Übertragungen und Nachwort von Ingeborg Bachmann. Suhrkamp, Frankfurt a. M. 1961.

Anmerkung zur Literatur über Ingeborg Bachmann

Schier unzählig sind die biographischen und textanalytischen Bücher, Aufsätze, Radioessays, Rezensionen über Person und Werk von Ingeborg Bachmann.

Zur Orientierung ein paar Titel:

Uwe Johnson, Eine Reise nach Klagenfurt, Frankfurt 1974.
Kein objektives Urteil – nur ein lebendiges. Texte zum Werk von Ingeborg Bachmann. Herausgegeben von Christine Koschel und Inge Weidenbaum, München 1989.
Reinhard Baumgart, Deutsche Literatur der Gegenwart. Kritiken, Essays, Kommentare, München 1994.
Peter Hamm, Der Wille zur Ohnmacht, München 1992.
Hans Werner Richter, Im Etablissement der Schmetterlinge, Einundzwanzig Porträts aus der Gruppe 47, München 1988.
„du", Ingeborg Bachmann, Das Lächeln der Sphinx, Heft 9, September 1994
„Text + Kritik", Nr. 6, 47/48, 53/54.

Weiterführende Literatur in:

Kurt Bartsch, Ingeborg Bachmann, Stuttgart 1988.
Peter Beicken, Ingeborg Bachmann, München 1992 (2. Aufl.).
Hans Höller, Ingeborg Bachmann, Das Werk, Von den frühesten Gedichten bis zum TODESARTEN-Zyklus, Frankfurt 1987.

Frauenleben

Frauenblicke
Hrsg. von Gabriele Hartlieb
Band 4440

Die neue Frau: Stark, aber auch sanft. Sie hat Ausstrahlung und Stil, Power und Gelassenheit. Erfahrungsberichte, die einen staunen lassen...

Ruth Pfau
Verrückter kann man gar nicht leben
Ärztin, Nonne, Powerfrau
Band 4436

Illegal im Afghanisthan-Krieg. Zupackend im Elend der Städte. Eine atemberaubend starke Frau, die vor den Mauern der Not nicht haltmacht.

Stefanie Schröder
Paula Modersohn-Becker
Auf einem ganz eigenen Weg
Roman
Band 4431

Eine Künstlerin zwischen Unabhängigkeit und Konvention, die darum ringt, sich und ihre Kunst zu verwirklichen.

Fatima Mernissi
Der Harem in uns
Die Furcht vor dem Fremden und die Sehnsucht der Frauen
Band 4430

Geschichten über ein Leben in einer Gemeinschaft starker Frauen – wie Heldinnen aus 1001 Nacht.

Anne G. Olters
Ungestillte Sehnsucht
Töchter erzählen von ihrer schwierigen Beziehung mit dem Vater
Band 4406

Immer mehr Töchter erkennen, wie groß der Einfluß ihres Vaters auf sie war – und immer noch ist.